あなた方の元に戻るつもりはございません!

主な登場人物
シラー
ナイトレイ伯爵家の当主で、アンゼリカの旦那様となる。若くして辺境伯の地位に就いている。「悪食伯爵」の異名を持っているが……？
アンゼリカ
前世持ちの転生者。横領の濡れ衣を着せられて料理番を解雇され、その後ナイトレイ伯爵家に嫁ぐことに。得意分野は料理。義子のネージュを可愛がっている。
ネージュ
アンゼリカの義子。乙女ゲーム【Magic to Love】の攻略キャラの一人で、現在は4歳。実は不思議な力を持っているようで……。

レイオン
若くして騎士団を任されており、自分の力を過信している。アンゼリカに横領の罪をなすりつけて解雇した。
カトリーヌ
シラーの実姉で、炎熱騎士団をまとめており、「炎熱公爵」と呼ばれている。周囲からは威厳ある人物だと思われている。
シャルロッテ
アンゼリカの実姉だが、彼女を常に見下している。妹がレイオンと恋仲だと知って、彼を奪った。
メテオール
カトリーヌの息子にして、【Magic to Love】攻略キャラの一人。10歳。将来は超ムキムキのはずだが、現在は寡黙な美少年。
ララ
アンゼリカとネージュの専属侍女。庶民出身で、実家はおもちゃ屋さん。

Contents

あなた方の元に戻るつもりはございません!

火野村志紀

イラスト
天城望

1章　ナイトレイ伯爵家の人々

ああ、今日も終電を逃しちゃった。

会社を出たところでスマホを見て、私は小さくため息をついた。

久しぶりに日付が変わる前に帰れると思ってたのに……。

どうせあの人は、他の女を部屋に連れ込んでいるだろうな。

私の彼氏は最悪な男だ。突然仕事を辞めたかと思えば、私の部屋に転がり込んできた。スマホ代や小遣《こづか》いを私にタカり、自分は一日中ダラダラ。

何度も別れようと思ったけど、無理だった。

あんな奴でも、私を必要としてくれるからだろうか。

20歳以上も年上のおっさんと結婚させられそうになり、親の下から逃げ出した。そしてサービス残業は当たり前のブラック企業に就職し、あんなヒモ男にも引っかかって……。

はぁ。お腹空いた。

朝に食パンを1枚食べただけだもん。冷蔵庫に入っているコンビニの惣菜は、勝手に食べると彼氏に殴《なぐ》られる。食べていいか聞こうとしても殴られる。

優しい旦那《だんな》様と可愛い子供に囲まれて暮らすのが夢だったのに、どうしてこうなったのかな。

横断歩道を渡っていると、トラックがこちらに向かって走ってきていた。

思い切り信号無視してるじゃん。だけど不思議と恐怖はない。

天国からのお迎え、という言葉が脳裏をよぎったと同時に、私の意識はぷっつりと途絶えた。


「……おい、聞いてるのか？」

……え？　聞いてるって何を？

「もう調べはついているんだ。言い逃れはできないぞ！」

だからなんの話で……いたっ⁉

誰かに頬《ほお》を思い切り叩《たた》かれた直後、真っ暗だった視界がクリアになった。

「いつまでも黙ってないで、とっとと白状しやがれ！」

私の恋人兼騎士団長のレイオンが私を冷たく見下ろす。

そして厳しい表情をした騎士たちが、ずらりと私を取り囲んでいる。

そうだ。私、騎士団の資金を使い込んでいたのがバレたんだっけ。

……って待て待て！

「お、お待ちください、レイオン様！　私は横領《おうりょう》などしておりません！」

「いいや、お前が夜になると、街で遊んでいたことは分かっている。その借金を返すために、金庫から金を奪ったんだろ？」

「違います！　私はただ……」

「もういい、……アンゼリカ、お前は今日限りでクビだ。使った金も必ず全額返してもらうぞ！」

そんな……確かに弊社《へいしゃ》爆破しろとは何十回も思ったけど、犯罪に手を染めた覚えは……。

……弊社？　私の職場はマティス騎士団でしょ？

違う、私はただの限界ＯＬだってば。よれよれのスーツを着て……ない。

よくゲームやアニメの世界で見るような、質素なドレスを着ている。周りの騎士も、銀色に輝く鎧《よろい》を着込んでいた。

なんじゃこりゃ。

「お前ら、この女を牢に入れておけ」

「はっ」

レイオンに命じられた騎士たちが、私の両腕を押さえて部屋から連れ出す。

その間、私は混在する２つの記憶を必死に整理していた。

ええと、私の名前はアンゼリカ。吹けば飛ぶような貧乏男爵家の娘。

お金を稼ぐために、エクラタン王国が誇るマティス騎士団で料理番として働いていた。そこで騎士団長レイオン様と恋仲になったものの、なぜか横領犯になってしまった。

一方で日下部綾子《くさかべあやこ》として、23年間生きた記憶もある。

信じられないことに、日下部綾子はアンゼリカという人間に転生したらしい。

しかも、ただ生まれ変わったわけじゃない。

エクラタン王国。マティス騎士団。レイオン。これらの単語に、私は聞き覚えがある。

「ここ、乙ゲーの世界じゃん」

薄汚い檻《おり》の中で膝を抱えながら、私はぼそりと呟《つぶや》いた。


私が高校生の頃にプレイしていたゲーム、『Magic To Love』。

舞台は高位貴族のみが魔法を使えるエクラタン王国。主人公は平民にも拘《かか》わらず、なぜかさまざまな魔法が使える少女リリアナ。

魔法を制御できず悩んでいたリリアナは、王太子、公爵子息、騎士団長の弟、没落した伯爵家の息子などと交流を深めながら、自分の出生の秘密を知っていく……という物語だ。

結構ワンパターンな設定だが、その重厚なシナリオと多彩なエンディングが好評を博し、ファンディスク版や続編まで作られた。

ええ、休みの日は徹夜でプレイしてましたよ。スチルやエンディングは全て回収したし、バイトで貯めた小遣いでキャラソンまで買った。

どういうわけか大好きだったゲームの世界に転生した。ヘビーユーザーとしては喜ばしいことなんだろうけど、今はそれどころじゃない。

冤罪《えんざい》で檻にぶち込まれるとか、最悪過ぎるわ！

「やってない……私はやってない……」

「囚人は私語を慎むように」

自分に言い聞かせるようにぶつぶつと唱えていると、女性の看守にたしなめられた。

だけど、私は本当にやっていない。兵舎の金庫が空っぽになっていることが発覚。さあ犯人捜しとなり、なぜか私が真っ先に吊《つる》し上げられた。

しかも恋人に滅茶苦茶《めちゃくちゃ》なじられる始末。

私はあのレイオンという男をよく知っている。攻略キャラの一人が奴の実弟なのだ。

そのキャラは嫌みたらしくて女好きなボンボンなのだが、レイオンの影響をモロに受けた結果なのだとか。しかし個別ルートに入ると、精神的に大きく成長していくのが魅力的だった。

閑話休題《かんわきゅうだい》。

なんかレイオンが若く見える。ゲームの中での奴は、確か30代だったような。

もしかして、本編が始まる10年前の世界ってことかしら？

まあ、私にはもう関係ないか。どうせ死刑になってこの世ともおさらばだろうし。エクラタンって、結構横領犯に厳しいのよね。

ああ。次はシマエナガちゃんにでも生まれ変わりたい。

そう達観しながら、私はカビだらけの毛布に包《くる》まって目を閉じた。

◆◇◆◇◆

「ずっとお前のことが好きだったんだ。俺と恋人になってくれ」

レイオンにそう告白されたのは、料理番になって2カ月ほど経った頃。

料理しか取り柄のない女のどこがいいのか分からなかったが、私は涙ぐみながらＯＫした。

今にして思えば、これが悪夢の始まりだった。

それからというもの、私はレイオンの部屋にこっそり通いながら、食事を作っていた。部下たちの手前、私たちの関係を公にしたくないとレイオンに言われたのだ。

私はそれでも構わないと思っていたんだけど、

「……あ、あの、レイオン様」

「げふっ。……ん？　どうした？」

「私の分も召し上がってしまったのですか？」

調理器具を洗ってリビングに戻ると、２人分あった料理やパンは全て食べ尽くされていた。

唖然《あぜん》としている私に向かって、レイオンは笑いながら言った。

「だって冷めたら美味《おい》しくないだろ？　だから俺が食べてやろうと思ってさ」

「はぁ……」

「デザートはなんだ？　早く持ってきてくれよ」

こんなやり取りが毎回続くと、次第に嫌気が差していった。何せ食費は私が全額出していたのだ。

レイオンが私の部屋にやって来る時はもっと最悪で、部屋にある食べ物を全て食い尽くされる。私が止めても、「俺は訓練で腹が減っているんだ」の一点張り。

そして、とうとう私は金欠となり、夜の街で皿洗いや清掃の仕事を始めることに。

とはいえ、レイオンと別れることは考えたことがなかった。むしろ、こちらが捨てられないように必死だったもの。

だけどある日、部屋にお邪魔しようとしたら、ドアの向こうから女の艶《つや》やかな声が聞こえて頭の中が真っ白になった。

所詮《しょせん》私は、都合のいい飯炊き女でしかなかったのだ。

そしてその翌日、横領の罪を着せられた。


収監されてから1週間後、看守がガチャガチャと檻の扉を開いた。

いよいよ処刑か。怖くないと言えば嘘になる。頭の中で南無阿弥陀仏《なむあみだぶつ》を復唱しながら、牢屋から出る。

だけど連れて行かれたのは断頭台ではなく、簡素な浴室。

後ろ手に縛っていた縄も解かれ、入浴を許された。

「へ？」

そして身なりを整えると、馬車に押し込められた。

「死ぬよりはマシだろう。死ぬ気で働けば、いつかは払い終わるさ」

同乗していた兵士が、私に哀れみの眼差《まなざ》しを向ける。

……はっ、思い出した。そうだわ、この国の貴族には、基本的に死刑が適用されない。

その代わり、期限までに多額の罰金を支払わなければ問答無用で降爵、または廃爵処分を受ける。

しかも窃盗や横領で奪ったお金も、全額返済が命じられる。

貧乏な我が家は当然廃爵だろうが、恐ろしいことに支払いの義務は平民に落ちたあとも継続される。

うちの両親のことだ。私を娼館か炭鉱送りにするに決まっている。実際、婚活に失敗した私を娼館へ連れて行こうとしていた。

こんなことになるなら、ひと思いに処刑されて楽になりたかったわ。

絶望の中、馬車はルミノ男爵邸に到着した。貧乏なくせに、屋敷だけは無駄に豪華だ。

見栄っ張りの父が毎年改装工事を依頼しているのである。その費用を賄《まかな》うために増税したせいで、領民からの印象は最悪だ。

「ん?」

窓の外を眺《なが》めていると、見覚えのない馬車が玄関前に停まっていた。

「あの馬車……ナイトレイ伯爵家か?」

兵士が怪訝《けげん》な顔で呟く。

ナイトレイ伯爵家って……あの⁉

私は身を乗り出し、馬車をまじまじと確認した。雲にうっすらと隠れている三日月をモチーフとした紋章が、キャビンに彫られている。

ナイトレイ伯爵家。とある攻略キャラの家系で、エクラタン南部の防衛を担《にな》う所謂《いわゆる》辺境伯だ。

そして作中トップクラスの激ヤバ一族なんだけど……

「ナイトレイ伯爵家の方々が、我が家になんの用ですの？」

「俺に聞かれてもな。さあ、降りろ」

兵士に促されて、馬車を降りた。

「おかえりなさいませ、アンゼリカ様。ご当主様とお客様が居間でお待ちしております」

出迎えてくれたメイドが私にそう告げる。んん？　ナイトレイ伯爵家は私に用事があるの？

メイドに案内されて居間へと向かうと、私の両親と初老の男性が待機していた。

「まったく……遅いぞ、アンゼリカ。まさか寄り道でもしていたのか？」

父よ、文句なら馬に言え。

「あなたのせいで、ルミノ男爵家は危機に陥っているの。その自覚があるのかしら？」

母も私を擁護する気が一切ない。

「お2人とも、落ち着いてください」

男性が両親をやんわりと宥める。客人とはこの人なのだろうか。

「申し遅れました。私はナイトレイ伯爵家で執事を務めております、アルセーヌと申します」

皺《しわ》一つない燕尾《えんび》服に黄金細工の片眼鏡という出で立ちで、恭《うやうや》しく私に一礼する。私もつられて頭を下げようとすると、母に後ろから両肩を掴《つか》まれた。

「よかったわねぇ。あなたが使い込んだお金、ナイトレイ伯爵家が全額肩代わりしてくださるのよ」

「え⁉」

すごくありがたいけど、なんで⁉

目を白黒させている私に構わず、母は言葉を続ける。

「あなたも娶《めと》ってくださるそうだし、いいこと尽《ず》くめだわ！」

全然よくないぞ‼


ネージュ。『Magic To Love』の攻略キャラの一人で、ナイトレイ伯爵家の嫡男《ちゃくなん》だ。

艶やかな黒髪と雪のように白い肌を持つ美少年だが、いつも陰鬱《いんうつ》なオーラを纏《まと》っている。

好感度が低いうちは、主人公が挨拶《あいさつ》をしてもガン無視。口癖も「近寄るな」or「消えろ」で、個別ルートに入っても選択肢を一つでも誤ればバッドエンド直行。

それもそのはず。彼には滅茶苦茶しんどい過去がある。

まだ3歳の頃、実母が自ら命を絶った。父親の浮気が原因だとか。

さらにその1年後。ナイトレイ領で平民たちによる反乱が発生。自ら指揮を執っていた父も、反乱軍の猛攻によって命を落とす。

当主を討ち取ったことでますます勢いづいた反乱軍は、ナイトレイ邸を包囲。多数の使用人が中に取り残されているにもかかわらず、火を放って屋敷を焼き払った。

命からがら逃げ出したネージュは憎しみに取り憑かれ、エクラタン王国そのものを滅ぼそうとする……のだが。

「私がナイトレイ伯爵家に嫁ぐ……？」

「うむ。それが我が家の負債を引き受けてくださる条件だ。お前が犯した罪も公表されないように根回しをしてくれるのだ。いい話ではないか？」

父がにこやかに説明する。ええ、これ以上ないくらい最高の話ですよ。うちが取り潰《つぶ》しになることも、強制労働に従事させられることもありませんし。

だけど、ナイトレイ伯爵よ？

反乱に巻き込まれて死ぬのも嫌だけどさぁ。

「あ、悪食《あくじき》伯爵……」

思わずその異名《いみょう》を口走ると、険しい顔つきになった母が私の頬に平手打ちを食らわせた。すまん、今のは私が悪かった。

「なんてことを言うの！　今すぐに謝罪なさい！」

「大変申し訳ありませんでした！　無礼な発言をどうかお許しください！」

慌《あわ》てて床に額を擦《こす》り付けて謝る。恐る恐る顔を上げてみると、アルセーヌは目を丸くして私を見下ろしていた。

「変わった謝罪の仕方をなさいますね」

そういえば、西洋には土下座《どげざ》の文化がないんだった。仕事でミスをすると上司に強要されていたから、ついクセでやっちゃった。

ちらりと振り返ると、両親が真っ赤な顔で小刻みに震えている。

「ですが、どうかお気になさらず。アンゼリカ様も我が主《あるじ》、シラー様とのご婚姻が不本意であることは承知しております」

「い、いえ。そのようなことはございませんわ！」

「それは本当ですか!?」

私が咄嗟《とっさ》に否定すると、アルセーヌは目を輝かせながら確認を取ってきた。

私の問題発言を水に流してくれた手前、「やっぱ無理っす」なんて言えない。……というか、この執事、これを狙ってたわね？

反乱、悪食伯爵……。借金地獄、強制労働……。ええい、ままよ！

「……はい。このお話、喜んでお引き受けいたします！」

私は覚悟を決めて、声高らかに宣言したのだった。

するとアルセーヌは安堵《あんど》した様子で、

「アンゼリカ様ならそう仰っていただけると、信じておりました」

「あ、ありがとうございます」

「では、今すぐに荷造りをなさってください」

はい？

「アンゼリカ様の身柄は、ナイトレイ伯爵家でお預りする手筈《てはず》となっております」

身柄を預かるって、バリバリ犯罪者扱いなんですが？　まあ、シャバの空気が吸えるだけ幸せか。

自分の部屋に戻って、バッグに手早く荷物を詰め込んでいく。ドレスも3着しかないし、私物なんてほとんどないから数分で終了ッ！

部屋から出ていこうとする前に、埃《ほこり》を被《かぶ》った姿見へ目を向けた。

着古したドレスを纏った女が映っている。

くすんだ灰色の髪と、生気が宿っていない緑色の目。

今年20歳になったばかりなのに、やたらと老《ふ》けて見える。これじゃ、いくら釣書《つりしょ》を送りまくっても、誰にも見向きされないわけだ。

「お待たせいたしました。さあ参りましょう」

居間に戻ってアルセーヌに声をかけた。

「かしこまりました。では、ご両親とのお別れを済ませてください」

「必要ありません。どうぞ娘を連れて行ってください」

にこやかな顔で言う母の横で、父も大きく頷《うなず》く。

演技でもいいから、娘との別れを惜しみなさいよ。

「お父様、お母様。今まで私を育ててくださってありがとうございました。このご恩は一生忘れま……」

「いいから、とっとと出ていけ。いつまでも犯罪者を置いておくわけにはいかん」

「ナイトレイ伯爵に捨てられても、泣き付いてこないでね。あなたのせいで、我が家は大変なことになったんだから」

はいはい。黙礼して居間から出ていく。外に停めてあった馬車に乗り込むと、座り心地のよさに驚いた。ふっかふかで、お尻が全然痛くない。

やがて馬車がゆっくりと走り出した。カッポカッポと馬が走る音が聞こえてくる。向かい側の席には、懐中時計を確認する執事の姿。

ザ・中世ヨーロッパって感じよね。

これで行き先がナイトレイ邸じゃなかったら、もっと楽しめたのにな～～！

ナイトレイ伯爵。ゲームの中では立ち絵が存在しないものの、レイオンをも上回るクズ男である。

大の女好きで、常に愛人を侍《はべ》らしている。一番大事なはずの妻は、前述した通り。さらに異常な偏食家で、味付けにもうるさい。気に入らない料理を出されると、激昂《げきこう》して何度も作り直させる。そのわがままに振り回され、解雇された料理人は数知れず。

おまけに不摂生な生活が祟《たた》り、ガマガエルのようにでっぷりと太っているのだとか。

そんなわけで付いたあだ名が『悪食伯爵』。

兵舎で働いている時も、奴の噂はよく耳にしていた。

後妻探しに難航しているだとか、エクラタン王国中の貴族令嬢から断られただとか。

要するにだーれも結婚してくれないので、仕方なく私を買収したのだろう。

人外の嫁になるとか、第二の人生もハードモード過ぎる。

心地よい振動に揺られながら外の景色を眺めているうちに、遠くに立派なお屋敷が見えてきた。屋敷というより宮殿だ。実家がウサギ小屋に思えてくる。

庭園もネズミーランド並みの広さを誇っている。色とりどりの花が咲き、奥には温室らしきガラス張りの建物もある。

「こちらがナイトレイ伯爵邸でございます」

アルセーヌに手を借りながら馬車を降りる。そして黒塗りの扉を開けて屋敷の中に入ると、使用人たちが出迎えてくれた。

……思ってたより人数が少ないな。屋敷の掃除や庭園の手入れはきちんとできているのだろうか。

「この方が旦那様のご伴侶となるアンゼリカ様です」

「ふつつか者でございますが、よろしくお願いいたします」

アルセーヌの言葉に合わせて、私も内心テンパりながら挨拶をした。うう、突き刺さるような視線を感じる。皆に注目されるの、昔から苦手なんだよぉ。

と、若いメイドが一歩前に出た。

「私はララと申します。アンゼリカ様にお仕えさせていただくことになりました。よろしくお願いいたします」

「ど、どうも」

専属のお世話係ってことか。身の回りのことは自分でしていたから、ちょっと戸惑っちゃうな。

「旦那様は外出しておりますので、もう少々お待ちください」

金にものを言わせてゲットした女が来たというのに、お出かけ中とはどういう了見よ。でもまあ、辺境伯は多忙って聞くし仕方ないか。

「本日からお住まいになるお部屋にご案内いたします。その後は、お体を清めさせてください」

体臭が気になるのかと思いきや、痛んだ髪をケアするためらしい。無駄に豪華で広い部屋に案内されると、新品の下着とタオルを持たされて浴室へと移動した。

お花の香りのするシャンプーで揉《も》み込むように洗った髪を、トリートメントでしっかりと保湿する。顔や体も柔らかなバススポンジでくるくると磨き上げられたあと、温かな泡風呂にも浸《つ》かった。

至れり尽くせりで、天国のような心地だ。だけど、悪食伯爵へ献上するためにピカピカにされていると思うと気が重くなる。注文の多い料理店を思い出す。

入浴後は青を基調としたドレスに袖を通し、髪型を整えてもらい、化粧も施された。そして姿見の前に立つと……

誰これ？

太陽の光を浴びて、キラキラと輝く銀髪。かさついていた頬は透明感を取り戻し、ピンク色のリップを塗られた唇はぷるんっと潤《うるお》っている。

目の下のクマがなくなったおかげで、エメラルドグリーンの瞳がよく目立つ。

この短時間で、草臥《くたび》れたおばちゃんがおとぎ話のお姫様に進化してもうた。

「とってもお綺麗《きれい》ですよ！」

呆然《ぼうぜん》とする私に、ララがにこやかに言う。たった一人で私をここまで仕上げるってすご過ぎない？

いつまでも鏡を眺めていると、アルセーヌが部屋に迎えに来た。ああ、いよいよ捕食タイムか……。

重い足取りで、悪食伯爵の執務室へ向かう。

「旦那様。アンゼリカ様をお連れいたしました」

アルセーヌは２回ノックしてから扉を開いた。

どうぞ、と促されておずおずと入室した途端《とたん》、ガマガエルと目が合った。成人男性２人分はあるであろう横幅と、今にもはち切れそうな太鼓腹。頭部もハゲ散らかっている。

「ウヒヒ……若くて綺麗なお嬢さんだ」

もうダメだ。おしまいだ。

今すぐ逃げ出したい気持ちをぐっと堪《こら》え、震える手でドレスの裾《すそ》を摘《つ》まんでカーテシーをする。

「お……お初にお目にかかります。ルミノ男爵家の次女、アンゼリカと申します」

「ほお。それに、素直そうな子じゃないか。うちの甥《おい》をよろしく頼むよ」

甥？　私がきょとんと固まっていると、ガマガエルは体を真横にスライドさせた。

巨体に隠されていた黒机と、書類片手に頬杖《ほおづえ》をつく人物が現れた。

夜色の艶やかな髪と、ルビーレッドに輝く切れ長の瞳。

そして、とにかく顔がいい。左目尻の泣き黒子が涼《すず》しげな顔立ちを一層引き立てている。

あんな国宝級の美形なんて、『Magic To Love』にいましたっけ？

首を傾《かし》げる私に、アルセーヌが衝撃の一言。

「あの方がナイトレイ伯爵家の当主、シラー様でございます」

「え……えぇっ!?」

こっちじゃなくて？　思わず横にいる巨漢へ目を向けると、アルセーヌが笑いを堪えながら種明かしをした。

「そちらの方は、旦那様の叔父上様です。おそらく叔父上様を旦那様と勘違いした者が妙な噂を広めたのでしょう」

「まあ、嫌がらせでわざと吹聴した可能性もあるがね。それじゃ私は、これで失礼するよ」

ドスンドスンと地響きを立てながら、叔父上が部屋から出ていく。

一方私は、顔を真っ赤にして立ち尽くしていた。だって、こんな美形が旦那様だなんて聞い

てない。

無理無理マジで無理。こんなの心臓が保《も》たないわよー！

「初めまして、アンゼリカ嬢」

「ひゃいっ」

声までイケメンだ。私がピシッと背筋を正していると、シラーは涼しい表情で語りかけてきた。

「今回は僕の頼みを聞いてくれてありがとう。感謝しているよ」

「いえ、感謝するのは私の方ですわ。返済を肩代わりしていただいただけでなく、私を娶ってくださるなんて……」

「では、話は以上だ。婚姻届も僕があとで提出しておく」

はい？

「必要なものはアルセーヌかララに言ってくれ。可能な限り用意させよう」

なんか素っ気なさ過ぎません？

わけが分からないまま執務室をあとにすると、執事の口からとんでもない事実を告げられた。

「旦那様はご自分と結婚してくれる女性なら、誰でもよかったのです」

「どういうことですの？」

「その……ナイトレイ伯爵家には、当主はいかなる事情があろうとも、生涯妻を持ち続けなければいけないというしきたりがございまして。前妻様が亡くなった場合は、必ず後妻をお迎えすることになっているのです」

私が詰め寄ると、アルセーヌは少したじろぎながら答えた。

どうりで私みたいな地雷女を選ぶわけだわ……。芽生えかけた恋心も一瞬で萎《な》えた。

「……騙《だま》すような真似をしてしまい、申し訳ございませんでした」

「いいえ。あなたは何も悪くありませんわ。それに、私を救ってくださったのは確かですし……」

ぶっちゃけこんなの政略結婚みたいなものだが、衣食住は保証される。そこが今までの男との大きな違いだ。

使用人はみんな優しそうだし、ここは割り切るしかないよね。反乱のことはひとまず置いといて。

自分にそう言い聞かせて自室に戻ろうとすると、アルセーヌが一通の手紙を私に差し出した。

「奥様のご令姉《れいし》様からでございます。どうぞお読みください」

「……お姉様から？」

そういえば私が実家に戻った時、姿を見せなかったな。

部屋に戻り、ペーパーナイフで封筒を開ける。

便箋《びんせん》には綺麗な字体で文章が綴《つづ》られていた。本人は字の読み書きができないので、使用人に代筆させたものだろう。

ララに淹《い》れてもらった紅茶を飲みながら読んでいく。

「……は？」

「奥様？」

「はぁぁぁぁぁっ⁉」

「ど、どうなさいました？」

ララが慌てて声をかけるが、返事をするどころではない。

『親愛なる妹へ。ナイトレイ伯爵と結婚するんですってね？　姉として喜ばしく思うわ。実は私も素敵な方と婚約することになったの。お相手はマティス騎士団長のレイオン様よ！　私が祝福してあげたんだから、あなたも歓迎してちょうだいね？』

私の姉・シャルロッテからの手紙には、そのように書かれていたのだ。

金色の髪と青い瞳を持つシャルロッテは、とんでもないわがままお嬢様だった。

ドレスや宝石を買い漁《あさ》り、気に入らないことがあれば使用人を容赦なく解雇させる。顔のいい男なら平民であっても屋敷へ連れ込み、相手に恋人や妻子がいれば父に頼んで別れさせることもあった。お前は昼ドラの悪女か。

そして、妹である私をいつも見下していた。

嫌みを言うのは日常茶飯事で、偶然を装って階段から突き落とそうとした時もあった。あれは流石《さすが》に身の危険を感じたが、それでも両親は見て見ぬ振りをしていた。彼らは可愛い長女にとことん甘かったのだ。実際、見た目だけなら絶世の美女だし。

「……はっ！　思い出したっ！」

私が逮捕される前日、レイオンの部屋から聞こえた女の声。

『うふふっ。レイオン様ったら甘えん坊さんですわね』

めっちゃシャルロッテだったじゃん。あの時はテンパってたから、全然気付かなかったわ。

前世の記憶を取り戻した以上、あんなクズ男に未練なんて1ミリもないけどショックが半端《はんぱ》ない。

「……ララ」

「は、はい……」

「バズーカを用意できないかしら。今すぐ2、3発ぶち込みたい方々がいらっしゃるの」

「バズーカ……でございますか？」

突然のオーダーにララが首を傾げている。重火器が発展していない世界なんだっけ。ちっ、命拾いしたな、姉と元カレめ。

気晴らしに散歩でもしよう。戸惑い気味のララを連れて、庭園へ来てみた。

本当に綺麗な場所だわ。それに風に乗って、お花のいい香りが流れてくる。

荒《すさ》んだ心が癒《い》やされていく……。

ん？　小さいのがこちらに向かってとてとてと歩いてくる。

それは私の目の前でピタリと立ち止まった。

「……おねぇちゃん、だぁれ？」

謎の幼児が、大きな目で私を見上げてくる。

宝石を鏤《ちりば》めたバレッタで纏めた艶のある黒髪。温かな印象を与える琥珀《こはく》色の瞳。ちょこんとした唇は、愛らしいチェリーピンクに色づいている。少し痩《や》せ気味だけど、とっても可愛い。

だけど、目の形がなんとなくあの男に似ているような。

ということは、この子はまさか。

「ああっ！　ネージュ様、こんなところにいらっしゃったのですね」

年配のメイドがパタパタと走ってきた。やっぱりこの子がネージュ君か！

すごく可愛い、ものすごく可愛い。こんな無邪気な子が将来、国家滅亡を企むとか切な過ぎる。だってネージュって、個別ルート以外だと必ず死んじゃうし。

そんな悲劇の美少年が、私の息子とは……。

「……んん？」

「どうなさいました？」

「いえ、この子……」

なんでドレスを着ているの？　いや、すんごい似合うけど。

混乱していると、ララが本日最大の爆弾を投下した。

「この子は旦那様のご息女のネージュ様でございます」

お、女の子だーっ!!

そういえばネージュの声優さんって女性だったわ！　夏の海水浴イベントでも一人だけ肌の露出がなかったし、男装の麗人だったのか……！

「ネージュ……」

「……アンゼリカ様？」

頼る大人や帰る場所を失い、男として生きる道を選んだネージュ。それがどれだけ苦しかったのか、私には計り知れない。

だけど、私の境遇に少し似ていると思った。孤独感を抱えながら、最後はあっけなく死んだ。

この子にはそんな惨《みじ》めな最期を迎えてほしくない。

この子は、私が守ってみせる。ヒロインが現れるのなんて待っていられるか。

そのためにも、弱くてうじうじしている私はもう卒業よ！

「こちらの方は、本日からネージュ様の母君となられるアンゼリカ様ですよ」

「おかあさま……？」

ララの説明を聞き、ネージュがこてんと首を傾げる。そして目を輝かせながら、私に抱きついてきた。

「ネジュにもおかあさまができたのーっ！」

可愛過ぎる……っ。私はその小さな背中に両手を回して、幼い娘をぎゅーっと抱き締めた。

……あれ？　でもこの子、自分を産んだお母さんのことを覚えていないの？

しかもネージュは、大きな問題を抱えていた。

◆◇◆◇◆

翌日、ララに起こされて居間に行くと、既にネージュが椅子にちょこんと腰掛けていた。私と目が合った途端、ぱぁっと表情を明るくする。

「おかあさま、おはようございます！」

「ええ。おはよう、ネージュ」

一瞬元気がなさそうに見えたけれど、気のせいかしら。笑顔で挨拶を交わすと、私もネージュの隣に座る。

「シラー様は、いらっしゃらないの？」

「旦那様は、いつも自室でお食事を済ませております」

ララが私の疑問に答える。

「自室でって……いつもそうなの？」

「はい。お仕事がお忙しいとのことで……」

ララは気まずそうに視線を逸らす。しまった、表情や声に苛立《いらだ》ちが出てしまったか。可愛い娘の前だし、スマイルスマイルっと。

ただし、一言物申しておきたい。

「分かりましたわ。ですが、たまには私たちもご一緒させていただけると嬉《うれ》しいのですけれど。ネージュもお父様と仲良くお食事したいでしょう？」

私はあんな旦那と関わりたくないけれど、ネージュにとっては父親だものね。

しかしネージュは、なぜか困ったような表情で首を横に振った。

「んっと……よくわかんない」

「……ネージュはお父様が好きではないの？」

そう尋ねると、今度は大きくかぶりを振る。だけど、やっぱり複雑そうな顔だ。

自分の気持ちを言葉で伝えることが上手《うま》くできないのかも。

「お食事の用意ができました」

メイドたちが私たちの前に朝食を並べていく。

ほかほかと湯気を立てる美味しそうな料理たち。だがネージュの皿を見た私は、食事を運んできたメイドを呼び止めた。

「……お待ちなさい。この子の分はこれだけなの？」

「は、はい」

「……確か昨晩も同じメニューでしたわよね？　それに、幼児が食べる量だとしても少な過ぎるわ」

小さくスライスしてイチゴジャムを塗ったパンと、野菜の細切れが少しだけ入ったスープ。

社畜の限界飯じゃないんだぞ。

ネージュが普通の幼児より痩せている理由が判明して、私の脳裏に「虐待《ぎゃくたい》」の二文字が浮かんだ。

「あなた方、まさか……」

「ち、違います。ネージュ様はこれしか召し上がることができないのです」

私の懸念を察したララが慌てて弁解する。

「好き嫌いが激しいということ？」

「それは……」

ララが言葉を詰まらせる中、ネージュがスプーンを手に取ってスープを食べ始めた。しかし一口二口で、手を止めてしまう。

「……もういらないの」

そして今にも泣きそう顔でそう呟くと、椅子から降りて居間を飛び出した。えええええっ、全然食べてないじゃない！

「ま、待って……っ！」

「ネージュ様のことは私たちに任せていただいて、奥様はお食事をなさってください」

咄嗟に追いかけようとすると、メイドたちに止められて、そう促される。

だが、その後もネージュが居間に戻ってくることはなく、食事を終えた私は自室に戻った。

「特に用事もないから、他の仕事に就いていていいわよ」

「いいえ。常に奥様のお傍《そば》にいるようにと、旦那様から言い付かっているのです。……何かその、申し訳ありません」

ララが気まずそうな顔で頭を下げる。そりゃ私は犯罪者だし、監視ぐらいつけるか。

「シラー様のお気持ちは分かりますわ。ですから、あまりお気になさらないで」

「え？　ジョアンナ様のことをご存じなのですか？」

「はい？」

そんなキャラいたっけ。私が首を傾げると、ララはハッとした様子で自分の口を手で覆《おお》った。

え、何？　うっかり言っちゃった感じ？

と、廊下から女性の叫び声が聞こえてきた。

「ネージュ様、お待ちください！」

ララを伴って様子を見に行くと、ネージュがメイドの腕の中でじたばたと暴れていた。シラーは険しい表情でその様子を見つめている。

「また食事を残したそうだな」

「う……」

父の問いかけに、小さな体がびくっと震えた。

「出されたものは全部食べるようにと、あれほど言ったじゃないか。このままではまた栄養失調で倒れるぞ」

「たべたくないもん……」

「……わがままを言ってメイドたちを困らせるな」

シラーがため息をついて、娘へと手を伸ばそうとした時だ。甲高い泣き声が廊下に響き渡る。

「うわぁぁぁんっ！　おとうさまのばかばか！」

「…………」

わんわんと泣き叫びながら、ネージュはメイドの胸に顔を埋めてしまった。シラーも無言で手を引っ込めて、その場から離れていく。

修羅場だ……。

廊下の曲がり角から一部始終を覗《のぞ》いていた私は、呆然と立ち尽くしていた。

ネージュの拒食はかなり深刻らしい。だからと言って、理由も聞かずに圧をかけるような言い方をしたら、逆効果じゃなかろうか。ファミレスでバイトをしていた時、あのような親子を見たことがある。

「そろそろお部屋に戻りましょう。……奥様？」

そう促してきたララに、私は疑問を口にしてみた。

「ねえ。ネージュはどうしてご飯を食べてくれないのかしら」

「……お医者様が仰っていましたが、食事に対して恐怖心をお持ちのようです」

「恐怖心って……何かあったの？」

私の問いかけに、ララは押し黙ってしまった。一番肝心なところでだんまりかい。

「……要するに、安心してご飯が食べられる環境を作ってあげればいいのね」

「何か方法があるんですか⁉」

「それを今から考えるの！　あなたも協力なさいね」

部屋に戻り、早速《さっそく》話し合いを始める。

しかし子育ての経験ゼロの私では、何も思い付かなった。ララも右に同じ。

今までも子供が好んで食べそうなさまざまな料理を作ったり、環境が関係しているのではとネージュの部屋で食べさせたりもしたそうだが、特に効果はなかったという。アレルギーのような症状もなし。

せめて怖がっている理由が分かればいいんだけどな。ここは一つ、自分に置き換えて考えてみよう。

私だったら、食事の時に何が怖いと感じるかな。

自分の分を勝手に食べられること。それから……

「……ララ、何か書くものをちょうだい」

「こちらをお使いください」

「ありがとう。ええと……」

思い付いた食材を次々と書き連ねていき、そのメモをララに差し出した。

「ここに書いてあるものを用意してちょうだい」

「かしこまりました。ですが、これで何を作ってもらうおつもりですか？」

「料理人たちに頼むつもりはないわよ。これは私たちが作るの」

私がそう告げると、ララは「へ？」と目を点にした。

◆◇◆◇◆

お願いした食材は、その日のうちに全て揃《そろ》った。はやっ！　しかも野菜はみんな新鮮。調理しがいがあるわ。

お洒落《しゃれ》だけど動きづらいドレスから、シンプルなエプロンドレスに着替えて厨房《ちゅうぼう》へ向かうと、後ろを歩くララがなぜか難しい顔をしている。

「少し厨房を貸していただけるかしら？」

私が料理人たちに尋ねると、彼らもぎょっと目を見開いた。

「お、奥様、それは……」

「何よ。伯爵夫人は、料理をしてはいけない決まりでもあるの？」

「滅相《めっそう》もございません。しかし……少々お待ちください」

奥に引っ込んで、何やらひそひそと話し合いを始めた。あ、ひょっとして自分たちの仕事場を好き勝手に荒らされるかもって懸念してる？

元料理番として彼らの気持ちは分かるけど、ここは渋られちゃ困る。

「何か不安なことがあるのでしたら、私に見張りをつけなさいな。それでどうかしら？」

内心少し焦りながら提案してみると、ようやくＯＫがもらえた。しゃおらぁ！

頭に三角巾を被って、手早く材料を並べ始める。

「…………」

「…………」

「…………」

背後から複数の熱い眼差しを感じる。見張りをつけろと言ったのは私だけどさ、多くない？

……や、やっと下ごしらえが全部終わった。

この料理を思い付いた時は、簡単に作れそうって楽観視していたけれど、スーパーで簡単に買えるようなものを一から作るのって大変。現代人が羨《うらや》ましいわ。

背後を振り向くと、ララや料理人たちは驚いた顔で固まっていた。

「……奥様はもしや、料理の経験がおありですか？」

「ええ。実家にいた頃は、家族の食事を用意していたの」

後片付けをしながらララの質問に答える。

騎士団で働いていたことは伏せることにした。どうもアルセーヌ以外は、私の詳しい事情を知らないみたいなのよね。

「そこのあなた、ネージュをここに連れてきてちょうだい。それと、脚の高い椅子も用意してね」

「かしこまりました。しかし、何をなさるおつもりですか？」

「最後の仕上げを手伝ってもらうの」

「ネ、ネージュ様に火を使わせるわけには参りませんっ！」

料理人がぶんぶんと首を横に振る。

「当たり前でしょ！　あの子のお仕事はこれよ、これ！」

私が円形の白い皮を見せると、料理人は「はぁ……」と怪訝そうに相槌《あいづち》を打った。

後片付けを終える頃、料理人に連れられてネージュがやって来た。そわそわした様子で周囲をキョロキョロと見回していたが、私を見付けると一目散に駆け寄ってくる。

「おかあさま！」

「来てくれてありがとう。あのね、私と一緒にご飯を作ってほしいの」

「ごはん……？」

途端にネージュの表情が曇った。私はしゃがんで目線を合わせながら、言葉を続ける。

「自分で作るご飯はとっても美味しいの。それに、どんな食べ物が入っているのかも分かるのよ」

「……こわくない？」

ネージュがおずおずと聞いてくる。ああ、やっぱりそういうことか。

「ええ。だから一緒に作って食べましょう？」

「……うん」

ネージュは少し間を置いて、コクリと頷いた。

手をしっかり洗ってから、食事の時に使っている椅子に座らせる。その間に、私は作業台に材料や皿をセッティングしていく。

「おてて、あらったの！」

「それじゃあ、餃子《ぎょうざ》作りを始めましょうか！」

「ぎょーじゃ？」

「ギョーザとはなんですか？」

ララも不思議そうに尋ねてきた。しまった、説明をすっかり忘れてたわ。面倒くさいし、ここは適当にホラでも吹いておくか。

「あら、伝説の料理人チューカをご存じなくて？　ギョーザは彼の得意料理の一つなのよ。そのバリエーションは百……いえ、千を超えると言われているわ」

「おい、聞いたことあるか？」

「いや……」

私も聞いたことがないわ。即興で嘘をつくにしても、もう少しなんとかならなかったのか、私よ。

まあ言っちゃったものは仕方ない。根掘り葉掘り聞かれないうちに、私はネージュにお手本を披露することにした。

「見ていてね？　この真っ白な皮に具を少しだけ載せたら、周りをすーって水で濡らしていくの。そしたら折り畳んで、こんな感じにくっつけて……こう！」

手作りの皮に、細かく刻んで水気を絞った野菜を包んでいく。餃子なんて久しぶりに作ったけど、上手く包めたーっ！

大皿にちょこんと載せた餃子一号を見て、ネージュの顔に笑みが零《こぼ》れる。

「かわいーっ！」

「か、可愛い？」

「うん！　ネジュもつくるの！」

まあ、興味を持ってくれたからいいか。皮とスプーンを渡して、丁寧《ていねい》にレクチャーする。

具は他にも二種類を用意しておいた。

クリーミーな味に仕上げたポテトサラダと、リンゴのシナモン煮。

どれも子供がうっかり口に入れても大丈夫だ。

「そうそう。その調子」

「んしょ、んしょ……できたっ」

ネージュが手のひらの餃子を誇らしげに見せてくる。

「とっても上手よ、ネージュ！」

いやお世辞とかじゃなくて本当に上手い。初めてとは思えないくらい形が綺麗。可愛いだけじゃなくて、手先も起用なんてすごいわ！

このあとも2人でちまちまと具を包んでいく。ララがじっとこちらを見ているので「あなたも手伝う？」と聞いてみると、嬉しそうに加わってきた。

ちなみに料理人たちは、「面白い料理だ」「参考になるな」と真剣な顔で語り合っている。

そして全て包み終えたら、油を引いた鍋で焼き上げていく。

「いいにおい……」

離れたところから眺めていたネージュが小さな声で呟いた。

「はい。餃子の出来上がりよ！」

きつね色に焼き上がった餃子に、「おお……！」と歓声が上がる。うん、我ながらとっても美味しそう！

流石に酢醤油は作れなかったので、トマトを使った洋風のタレを用意してみた。

「どうぞ、ネージュ」

「…………」

ネージュは緊張した顔で、少し冷ました餃子を見つめていた。うーん、食べるのはまだ勇気が出ないみたいね。

「無理しなくていいわ。また作れば……」

ぶすっ。ネージュが子供用のフォークを握り締め、餃子に突き立てた。そしてぎゅっと目を瞑《つむ》って、それを口へ運ぶ。

「……おいしぃ」

小さな声で呟き、他の餃子も食べ始める。

や……やったぁぁぁぁっ！　食べてくれたぁぁぁっ!!

「ネ、ネージュ様がご自分からお食事を……？」

「なるほど。これならネージュ様も召し上がってくださるのか」

おっと、料理人たちが妙な勘違いをしているぞ。

「お待ちなさい。ネージュが食べてくれたのはおそらく……」

「騒々しいぞ。君たちは何を騒いでいるんだ」

その低音に、厨房の空気がぴしっと凍り付いた。ぎ、ぎ、ぎ……とブリキ人形たちがぎこちなく首を動かす。

厨房の入り口に悪食伯爵が佇《たたず》んでいた。

「だっ、旦那様」

ララや料理人たちの顔がみるみるうちに青ざめていく。

ちょっと怯《おび》え過ぎじゃない？　え、やっぱり私、厨房に立っちゃダメだったの!?

「あっ、おとうひゃま」

ネージュが口をもごもごさせながら、父親に視線を向ける。

張り詰めた空気の中、シラーは厨房へと足を踏み入れた。間違いない。あれはかなり怒っている。

「ネージュ」

「ひゃいっ」

父親に名前を呼ばれて、ネージュがうっかりフォークを落としてしまった。

「それは何を食べていたんだ？」

「えっと……ぎょーじゃ」

「うん？」

初めて聞く料理名に、シラーが怪訝な顔で首を傾げる。

「ララ、ギョーザ、でございます。伝説の料理人が作った料理とのことです」

「ギョーザャとはなんだい？」

「ほお。作ったのは？」

「ええと……」

「おかあさまとネジュがつくったの」

ネージュがシラーの問いに答えた。正直なのはいいことだけど、今だけはお口にチャックしてほしかった。ほら、シラーが滅茶苦茶怖い顔で私を見てくる！

「アンゼリカ、少し君と話がしたい。僕の部屋に来てもらえるかい？」

「はい……」

こりゃ実家に返品ルートだわ。ネージュとの餃子作りが、最初で最後の思い出になってしまった。

悄然《しょうぜん》としながら執務室に入ると、シラーは椅子に腰掛けてから一言。

「ネージュがあんなに美味しそうに食べるのを見たのは1年ぶりだ」

「あら、そうでしたのね」

「君はどうやってあの子の心を開いた？　王宮の料理人が作った料理でさえ、あの子は口をつけようとしなかったんだぞ」

「ほんの少し料理を手伝ってもらっただけですわ。その方がネージュも安心して食べられると思い付きましたの」

私が正直に答えると、シラーの表情が険しくなった。

「……ジョアンナのことを誰から聞いたのかな」

「いいえ。食事を怖がっているとお聞きしただけですわ。それで、以前食事に何かを混ぜられたのかもしれないと考えました」

「なんだ、ずいぶんと察しがいいんだな」

「……昔、私もその被害に遭いましたから」

前世で、両親が選んだ結婚相手と喫茶店に行った時のこと。

私がトイレに行っている隙に、飲み物に睡眠薬を混入されたのだ。

私は強烈な眠気に襲われ、奴に無理矢理ホテルへ連れ込まれそうになった。

運よく近くを通りかかった人に助けてもらったものの、病室へ駆けつけた両親たちの言葉が今でも忘れられない。

「どうして抵抗したんだ」と怒鳴られたのだ。

「誰だ」

「はい？」

なぜかシラーの目付きが鋭くなった。

「誰にやられた？　そいつは警察に突き出したのか？」

なんでそんなに詳しく聞いてくるんだ。

「大事には至りませんでしたから、どうぞお気になさらずに。ですが、やはりその口振りですとネージュは……」

「1年前に毒を盛られた。助かったのは奇跡のようなものだよ」

「……もしや犯人はジョアンナという方ですか？」

「ああ。僕の前妻であり、ネージュの母親だ」

なんですって？

「我が子を手に掛けようとしましたの？　信じられませんわ……！」

「いや、狙いは僕だった。下位貴族の男と不貞を働いていたジョアンナは、僕を亡き者にしてナイトレイ伯爵家を乗っ取ろうとしていたのさ。そして使用人と共謀して、軽食に毒を混入したんだ。……ちょうどその時、傍にネージュがいてね。食べたいとねだる娘に、僕は何も知らずに与えてしまった」

「……ジョアンナ様はどうなりましたの？」

「自分の娘は愛していたからね。遺書を残して、自ら命を絶ったよ。ネージュも毒の後遺症で、母親に関する記憶を失った」

だから母親のことを覚えていないのね。

そりゃ料理人たちも、私に厨房を使わせたがらないわけだ。

「それ以来ネージュは、食べ物を受け付けなくなった。体が無意識に拒絶するようになってしまったんだ。あらゆる料理人を雇ったが、無駄だったよ」

料理人を頻繁に入れ替えていたのも、ネージュのためか。

ん？　ちょっと待った。

「……あなた、偏食家だの浮気男だの、巷《ちまた》じゃ散々な言われようですわよ」

「若くして辺境伯の地位に就いた僕を妬んでいるだけさ。好きに言わせておけばいい」

鋼メンタルか？

「……だが、彼らの気持ちが少し分かった気がするよ。今、僕は君に嫉妬《しっと》している」

「私、何もしてませんわよ」

「何を言ってるんだ。ネージュは僕より君に懐《なつ》いているじゃないか」

「はぁぁぁ？」

なんちゅう心の狭さだ。私が冷めた視線を送ると、シラーはぷいっと顔を背《そむ》けた。

「僕なんて怯えられているんだぞ。笑顔を向けられることなど滅多にない」

「コミュニケーション不足ではありませんの？　叱《しか》るだけじゃなくて、ちゃんと褒《ほ》めたり遊んだりしてます？」

「…………」

こりゃしてないな。そう悟って、私は言葉を続けた。

「たぶんあの子も、シラー様との接し方が分からないだけですわ」

シラーのことが嫌いか質問したら、首を横に振っていたもの。

「では、私はこれで失礼いたします。ララたちも心配しているでしょうし」

「待ちたまえ」

「まだ何かありますの？」

焦れたように尋ねると、ギロリと睨《にら》まれる。まずい、怒らせちゃったかな。

「僕はこの通り多忙の身だ」

「そのようですわね」

現に、彼の執務机には大量の書類が重なっている。

「それに、娘に好かれる方法など使用人に聞くわけにもいかない。だが君は、名義上は僕の妻だ」

「そうですわね」

「頼む。僕とネージュの仲を取り持ってくれ」

私を巻き込むな！

◆◇◆◇◆

初対面であれだけ素っ気なくしておいて娘との仲を取り持ってほしいとか、うちの旦那、面《つら》の皮が厚過ぎだろ！

とは言え、ネージュのことを考えると無下《むげ》にはできない。

今のうちに親子の絆《きずな》を修復しておかないと、手遅れになる。滅亡エンドの回避に繋《つな》がるかもしれないし。

「ただし、反乱はどうしようもないわよねぇ……」

「何か仰いましたか？」

「なんでもないわ、ララ。さ、お部屋に戻りましょう」

ルミノ男爵家に生まれた私は、国政や歴史のことに関してはちんぷんかんぷんだ。前世で得たゲームの知識も、どこまで役に立つのやら。

いつか起こるであろう反乱を阻止するため、まずは自国やナイトレイ領のことをもっと知ろうと思う。

「奥様は勤勉家でございますね」

私がナイトレイ伯爵家へ嫁いで早2週間。

書庫から借りてきた歴史書を読む私を見て、ララは感心している様子だった。

「ふふん。知識というものは、いくら頭に詰め込んでも無駄にはならないのよ」

「ですが、貴族女性の識字率は高くありません。奥様のように、ご自分で本を読まれる方は珍しいです」

貴族なのに字の読み書きができないってどういうことだ。いや貴族だからこそ、そういう面倒なことは、姉のように使用人たちへ丸投げするのが常識なのだろう。

私はなぜか物心がついた頃には、既にエクラタン語をマスターしていた。『Magic To Love』をプレイしていた影響かもしれない。

えーと、なになに。

エクラタン王国は、今から500年前に建設された魔導国家である。

建国に大きく貢献した人々は精霊から祝福を授かり、火を起こしたり風を巻き起こしたりと、人智を超える力を身に付けた。これが魔法の始まり。

そして祝福を授かった者たちは、高い地位をも手に入れた。

高位貴族だけが魔法を使えるのは、そういうことなのね。ゲームではそんな説明はなかったから、勉強になるわ。

「ネージュは木の魔法が使えるんだっけ……」

「え？　私、奥様にご説明しましたか？」

「あら、先日話してくれたじゃない」

ここは適当に誤魔化《ごまか》しておこうっと。

「し、失礼しました」

いや、こちらこそ謝らせちゃってごめんなさい……。

「あの子、魔法はどの程度使えるの？」

「花を咲かせたり萎《しな》びた植物を元気にさせたり、初歩的なものは使えます。それにネージュ様のおかげで、うちの庭園は世話を必要としていないんです」

「どういうこと？」

「ネージュ様に懐いている木の精霊が、代わりに植物の手入れを行っているのです」

使用人が少ないのに、庭園の管理が行き届いている謎が解けた。

ジョアンナと結託していた使用人は、全員処罰されている。それ以来、シラーは料理人以外の使用人を雇おうとしないらしい。

新人の料理人が調理する際も、必ず見張りをつけさせたのだとか。その扱いに嫌気が差して自ら辞めていった者も多いと、シラーが淡々と語っていた。

……横領犯の私を娶ったのって、かなりリスク高かったんじゃない？ どんだけ追い詰められてたのよ。

「おかあさま！」

歴史書を半分まで読み終えた頃、本日のお勉強を終えたネージュが部屋にやって来た。

「ネージュ、今日もお勉強頑張ったわね」

「うん。とってもたのしかったの！」

よしよしと頭を撫《な》でてあげると、「きゃー」とほっぺに両手を当てながら喜んでいる。天使だ、天使！

体重も順調に増えつつあって、以前よりも顔の血色もいい。

あれからもネージュにはパン生地をこねたり卵液を掻《か》き混ぜたりと、簡単なお手伝いをさせていた。すると「これは自分が作ったものだ」と思い込んで、食べてくれるのだ。

この調子で、食事そのものに抵抗がなくなってくれればいいのだけど。

「あのね、おかあさま。あのね……」

ネージュがドレスの裾をぎゅっと掴み、何かを言おうとしている。

その姿に暫《しば》し癒やされていると、

「ネジュとおでかけしてほしいの」

「お出かけ？」

「……だめ？」

「ダメじゃないわ!!」

思わず声に力が入ってしまった。

勢いで頷いてしまったけど、勝手に外出していいのかしら？　許可書みたいなのが必要だったりして。

ネージュを抱き締めたまま考え込んでいると、ララが察して話しかけてきた。

「私や護衛も同行させていただけるのなら、問題ございません」

「本当ですの？」

「はい。ただし、ナイトレイ領内に限りますが」

「全然構いませんわ！」

嬉しい！　ずっと屋敷と庭園を行ったり来たりの生活だったもの！

年甲斐もなくはしゃぐ私は、この時まだ知らずにいた。

とある人物との再会が待ち受けていることを。

◆◇◆◇◆

伯爵家の紋章がトレードマークの馬車に乗り、街へと向かう。

南部の国境に隣するナイトレイ領は、要塞都市なんて厳《いか》つい異名がついている。だから殺風景な街並みが広がっているかと思いきや、実際はその真逆だった。

道路は綺麗に舗装され、その脇には街路樹や鮮やかな花が植栽されている。

ナイトレイ領は農業も盛んなようで、広大な畑では農民たちが作物を収穫している最中だった。

郊外を抜けると、いよいよ都市部に差しかかった。

「すごい……！」

窓の向こうに広がるお洒落な街並みに、私は感嘆の声を漏らす。

木や煉瓦《れんが》の家々が立ち並び、ベランダや花壇には彩り豊かな花が飾られている。

市場は大勢の客で賑わい、飲食店や屋台には長蛇の列ができていた。

「あっ。にゃんにゃん！」

ネージュが指差す先では、1匹の猫が塀の上で日向《ひなた》ぼっこをしていた。普段から街の人に世話をしてもらっているのか、ふっくらとしていて毛並みも綺麗だ。

人々の笑顔とたくさんのお花に囲まれた美しい街。私はそんな印象を受けた。ネージュも街にやって来たのは初めてらしく、外の景色を食い入るようにじーっと眺めている。

「どこか立ち寄れるお店はないかしら？　できれば飲食店以外がいいのだけれど……」

ネージュには、外食はまだハードルが高過ぎるものね。

「そうですね。でしたら、おもちゃ屋はいかがでしょうか？　この近くにあるんです」

ララが店までの道順を御者に説明する。やけに詳しいなと思ったら、この街で生まれ育ったそうだ。

噴水広場を抜けて暫《しばら》く走ると、2階建ての煉瓦造りの建物が見えてきた。……って人だかりがすごいわね。

「そんなに人気のお店なの？」

「この街で子供向け製品を取り扱っているのは、ここだけですからね」

ララと護衛を共に連れて、馬車を降りる。

「ネージュ様、こちらへどうぞ」

「いいわ、私に任せなさい」

護衛ではなく、私がネージュを抱き上げた。この年頃の子なら楽々抱っこできる。体力勝負だった元料理番の腕力を舐《な》めないでいただこう。

早速おもちゃ屋に入ると、店内には幼児たちの楽しそうな声が響き渡っていた。

「いらっしゃいませ。……おや、ララじゃないか」

人のよさそうなおばあさんが、私たちを出迎えてくれた。

「こちらはナイトレイ伯爵のご伴侶のアンゼリカ様よ」

「えっ⁉」

ララがまるで友人であるかのようなフランクな口調で私を紹介すると、おばあさんはぎょっと目を見開いた。そして俊敏な動きで、店の奥に走っていく。

「あんた、伯爵の奥様がお越しになったよ！　早く挨拶しな！」

「お、おう！」

おばあさんに引きずられるようにして、店主のおじいさんがやって来た。私を見るなり、慌てて深々とお辞儀をする。

「ほ、本日はようこそお越しくださいました」

店にいたお客さんたちも、動揺した様子で頭を下げてくる。

めっちゃ気まずくて、買い物どころじゃないんだが？

「あっ、あれ、ネジュがだいすきなのーっ！」

と、ネージュが棚に陳列されたパステルカラーの積み木を指差した。他には猫や花などの可愛い絵柄のパズルや、ぬいぐるみが置いてある。

見渡してみれば、ネージュがいつも遊んでいるおもちゃばかりだわ。全てこの店の商品だったのね。

さて、何を買おう。前世でも今世でもおもちゃなんて買ってもらったことがないから、よく分からん……。

「こちらはいかがでしょうか？」

頭を抱えていると、ララがクレヨンのセットと画用紙を持ってきた。

「こちらのクレヨンは先月発売されたばかりの新商品で、従来のものより発色がよくプロの画家も注目しているそうなんです！」

「そ、そうなの……？」

「しかも、原材料は蜜蝋《みつろう》や野菜なので、万が一口に入れても安全なのですよ！」

めっちゃ真剣な顔でプレゼンしてくるな。

まあネージュも「ネジュね、おえかきだいすきなの」と言っているし、これに決まりね。ちょっと高いけど、シラーも許してくれるでしょ。

会計もララに任せることに。

「これ、ララ。主相手にゴリ押しはいかんじゃろ」

「おじいちゃん、しーっ！」

なるほど、ご家族のお店でしたか。今のは聞かなかったことにしよう。

無事に買い物も済ませて店を出る。そして馬車に乗り込もうとした時、

「あなた……もしかしてアンゼリカ？」

背後からの声に、私はピタリと足を止めた。

頭の片隅に押し込めていた忌《い》まわしい記憶が、一気に溢《あふ》れ出す。

ゆっくりと振り返ると、金髪の美女が艶やかな笑みを浮かべている。

「やっぱりそうだわ。ふふ、久しぶりね？」

姉よ、なぜこんなところにいる⁉

「奥様、こちらの方とお知り合いですか？」

私とシャルロッテを交互に見て、ララはそう尋ねた。

「……私のお姉様ですわ」

「シャルロッテと申しますわ。よろしくお願いいたします」

「はい。アンゼリカ様にお仕えしているララと申します」

ララがにこやかに挨拶をするが、姉の興味は私が抱き抱えている幼子に移っていた。

「あら、可愛らしい子。あなたの子……ではないわよね？」

値踏みするような視線だ。嫌なものを感じて、私は護衛の一人にネージュを託した。

「この子を連れて、馬車に戻っていてちょうだい」

「……おかあさま？」

「少し待っててね。私もすぐに行くから」

「うん！」

ネージュが馬車に乗るのを見届けてから、私は先ほどの質問に答えた。

「ネージュはシラー様と前妻様のご息女ですわ」

「あれが悪食伯爵の娘？　よほど母親に似たのね……」

シャルロッテが馬車を見ながら、しみじみとした口調で言う。申し訳ないけれど、結構父親に似てますわ。

「お姉様はなぜこちらにいらっしゃるのですか？」

「新しいドレスを買いに来たのよ。レイオン様が好きなだけ買っていいと仰ってくださったの。……あらやだ、あなたの前で言うことじゃなかったわね」

「いいえ。お幸せそうで何よりでございます」

「そうね。誰かさんのせいで、我が家もおしまいだと思っていたけれど」

「……その節は大変ご迷惑をおかけしました」

感情的にならないように、当たり障りのない相槌を打っていると、シャルロッテは取り出した扇で口元を隠した。

「あなたのような女が義母になるなんて、伯爵様のご息女も可哀想《かわいそう》にね」

「それは……私も申し訳なく感じておりますわ」

しおらしい態度を取り続ける。下手に反抗したら、この場で余計なことを言い出しそうだもの。そうなれば伯爵家にも迷惑がかかる。

「……ふぅん。せいぜい伯爵様に捨てられないように頑張りなさいな」

やがて私をいじることに飽きたのか、シャルロッテは傍に控えていた使用人を連れて、近くの服飾店へ入っていった。

「なんですか、あの方。よく分かりませんが、奥様を悪く言ってましたよね？」

ララが不快感を露《あら》わにする。

「いつもあの調子なのよ。いちいち気にしていられないわ」

「ですが……」

「大丈夫よ。罵《ののし》られるのは慣れてるから」

殴られるよりはマシだと思って、受け流しておけばいいのよ。

馬車に戻ると、ネージュが私の膝に乗ってきた。

「おかえりなさい、おかあさま！」

「ただいま。いい子にして待ってた？」

「まってた！」

ああ、癒やされるわ。ネージュセラピーを堪能していると、向かい側に座ったララが思い詰めた表情で口を開く。

「奥様！　屋敷に戻る前に、１カ所立ち寄らせてください！」

「べ、別にいいけど……」

そう頷いたものの、街を抜けた馬車はなぜか森の方向へと進んでいく。ちょ、ちょっと、どこに連れて行かれるの？

「……草原？」

ようやく馬車が停まり、ネージュを抱えて降りると、緑の絨毯《じゅうたん》に覆われた大地が広がっていた。草や土の、穏やかな匂いが鼻腔《びくう》をくすぐる。

「あぁ……」

なぜかララががっくりと肩を落としている。

「どうしたの？」

「この草原では毎年今頃になると、スミレの花がたくさん咲いているんです。ですが、少し時季が早かったようでして……」

あらら、残念。だけど、たぶん私を慰めようとしてくれていたのよね。

「また今度見に来ればいいじゃない。楽しみが少し先に延びただけよ」

「奥様……」

「ありがとう、ララ」

にっこりと笑って礼を述べる。

と、ネージュが私の顔をじっと見上げていることに気付く。

「おはな、いっぱいみたいの？」

「ええ。だけど今日はそろそろ帰りましょうか」

「ううん、いまみせてあげる！」

「へ？」

ネージュがゆっくりと瞼《まぶた》を閉じると、小さな体が緑色に光り始める。

「えーいっ！」

可愛いかけ声の直後、辺り一面が紫色で埋め尽くされた。まだ蕾《つぼみ》の状態だったスミレが、一瞬で咲き誇ったのだ。

「これって……ネージュが咲かせたの!?」

「そ、そのようです！」

可愛くて手先も器用で魔法も使えるって、パーフェクト天使じゃないの！

「ありがとう、すごく綺麗よ！　……ネージュ？」

返事がない。視線を下ろすと、ネージュは真っ赤な顔で気を失っていた。やだ、すごい熱だわ！

「急いで屋敷に戻るわよ！」

「はい！」

慌ただしく馬車へ乗り込む。早く医者に診《み》せてあげなくちゃ……！

慌てて駆け付けた医者によると、ネージュは魔力切れを起こしてしまったということだ。

「一度に大量の魔力を消耗しますと、極度の疲労状態に陥るのです。体調を崩される直前に、魔法をお使いになりましたか？」

「……ええ。草原中の花を咲かせましたわ」

「草原中の⁉　……いえ、失礼しました。おそらくそれが原因でしょうね」

医者が合点《がてん》がいった様子で頷く。

「ですが、ご安心ください。数日間安静にしていれば、魔力も元に戻るでしょう。念のために解熱剤もお出ししておきますね」

「ありがとうございます、先生。急にお呼びして申し訳ありませんでしたわ」

「いえ、とんでもございません。では私は、これで失礼いたします」

医者が恭《うやうや》しくお辞儀をして退室すると、ララは今にも泣き出しそうな顔で、勢いよく私に頭を下げた。

「申し訳ありませんでした！　あのような場所へお連れした私の責任です……！」

「いいえ。ネージュを止めなかった私のせいよ」

こんこんと眠り続けるネージュの頭を優しく撫でる。

魔力切れ。そういえば、主人公のリリアナが魔法を使い過ぎて倒れてしまうイベントがあった。

娘の魔力を把握するどころか、ここまで無理をさせてしまうなんて母親失格ね。

自分の不甲斐《ふがい》なさに落ち込んでいると、ネージュの睫毛《まつげ》がぴくりと震えた。

「……おかあさま？　ララ？」

「どこか痛いところはある？」

「あたまくらくらするの……」

「大丈夫よ。少しおねんねしたら治るからね」

「うん……あのね、おかあさま」

「なぁに？」

優しい声で問いかける。

「ネジュのおはな、きれいだった？」

その言葉に、じんと目頭《めがしら》が熱くなる。

「……とっても綺麗だったわ。ありがとう、ネージュ」

「うん。よかったぁ……」

安心したのか、ネージュは再び寝入ってしまった。

穏やかな寝顔を見つめ、私は指で目元を押さえた。

いつまでも後悔なんてしていられない。今はこの子の看病が先だ。

水で濡らしたタオルをネージュの額に載せる。熱のせいでタオルはすぐに温くなる。それを洗面器に張った水に再び浸す。

それを繰り返しているうちに、顔の赤みが少しずつ引いてきた。この様子なら、解熱剤も飲ませなくて大丈夫ですと、ララが教えてくれた。

「やけに詳しいのね……」

私は感心してそう言った。

「昔、近所の子供たちの世話を任されておりました」

なるほど、確かにネージュって、ララによく懐いているのよね。ララが呼びかけると、ぽてぽてと嬉しそうに近寄ってくるし。

さて夕食は、私が厨房で作ったパン粥《がゆ》。胃腸の調子は悪くないようなので、牛乳でくつくつと煮込んだ。

私が作ったものなら無条件で食べられるらしく、ペロリと平らげてくれた。

「ふぁ……」

おっと、欠伸《あくび》が出てしまった。壁の時計を見れば、もう夜中の12時になろうとしている。

眠気を覚まそうとかぶりを振っていると、ドアが開く音がした。

「なんだ、まだ起きていたのか？」

来訪者はシラーだった。呆《あき》れたような表情で部屋に入ってくる。

あら？　今日は仕事が立て込んでいるから、ずっと執務室に籠《こも》っているってアルセーヌが言っていたのに。流石に娘の様子が気になったのね。

「ララが思い詰めた様子で、辞表を提出してね。いや、参ったよ」

「ま、まさか受理なさったのですか⁉」

「辞めないように、2時間かけて説得したさ。それでも本人が罰を望むから、とりあえず1カ月減給でカタをつけておいた」

ララってば責任を感じ過ぎよ！

「彼女を責めないでください。ネージュに魔法を使わせたのは、私ですわ」

「幼児の魔力切れは、よくあることだ。気にしなくていい」

そう言いながら、ネージュの寝顔をじっと見下ろしている。

「お仕事は大丈夫ですの？」

「キリのいいところまでは片付けた。まあ、明け方までには終わるだろう」

明け方って。よく見れば、シラーの目の下はうっすらと青黒い。社畜サラリーマンの顔だわ。

と、私たちの話し声に気付いて、ネージュが目を覚ましてしまった。

「おとうさま……？」

ぼんやりとした表情で見上げてくる娘に、シラーは無表情で固まっていた。あらやだ、この人緊張してる？

２人の仲を取り持つべく、私は夫に耳打ちをした。

「シラー様、頭を撫でてあげてください」

「……どのくらいの強さで？」

「優しくですわよ。ほら！」

「………………」

ええい、焦れったいな！　シラーの腕を掴んで、小さな頭へと導いてやる。

なでなで。ぎこちない手付きで撫で続けている。

……なんも言わずに。

うちの旦那、好意の表し方がド下手くそなのでは？

本人の前だと素直になれないというか。小さな子供相手にツンデレはまずいわよ。

だけどネージュはぱちぱちと瞬きをしてから、

「おとうさま、ありがと」

そう礼を述べて、ふにゃりと微笑んだ。天使かな？

「……ああ」

そしてシラーは瞼を閉じ、静かに感極まっていた。

◆◇◆◇◆

(シャルロッテ視点)

ふふ。うふふっ。今日もいっぱいお買い物しちゃったわ。

ドレスが3着、ダイヤモンドのネックレスに、ルビーのイヤリング。

ナイトレイ領って、腕のいい職人がたくさん集まっているのよ。

買い物が楽になるし、王都に移ってくれないかしら。

陽気に鼻歌を唄いながら、マティス伯爵邸に帰る。私の婚約者レイオン様の生家よ。

マティス伯爵家は、エクラタン王国でも歴史の古い名家なんですって。

「おかえりなさいませ、シャルロッテ様」

「ただいま。レイオン様はどちらかしら？」

「クロード様とお食事中でございます」

あらあら、うちと違って仲のいい兄弟ね。

居間を見に行ってみると、美味しそうなお菓子の匂いが漂ってきた。

「兄上っ。それ、ぼくの分……」

「俺はまだ足りないんだ。だからお前の分も寄越せよ」

椅子の背にふんぞり返りながら、レイオン様が焼き菓子を頬張っている。

その横では、まだ10歳のクロード様が目を潤ませていた。お菓子を取られちゃったくらいで泣くなんて可愛いわぁ。

「レイオン様、ただいま帰りましたわ」

「ん？　ああ、おかえり」

食べてる時のレイオン様って、私にも素っ気ないのよね。ベッドの中じゃ、子猫ちゃんみたいに甘えてくるくせに。

「はぁー、食った食った」

レイオン様は焼き菓子を完食すると、優雅に紅茶を飲み始めた。この頃には、クロード様は自分の部屋に戻っていた。

「美味しそうに召し上がってましたわね」

「ああ。明日には兵舎に戻らないといけないからな。その前に食い溜めをしておかないと。近頃、食堂の食事が不味《まず》くなったんだ」

不満そうにレイオン様が口を尖《とが》らせる。

料理くらいで、そんなに落ち込まなくたっていいじゃない。そう思ったけど、ここは調子を合わせることにした。

「まあ、騎士団の皆さんが可哀想ですわ」

「ったく、アンゼリカの作る飯はあんなに美味《うま》かったのに……」

はぁ？　どうしてそこでアンゼリカの名前が出てくるのよ。

「嫌だわ。あんな女の名前なんて聞きたくないわ」

「なんだよ、君の妹だろ？」

「大事なお金に手をつけるような女ですわよ。妹だなんて呼びたくありませんわ」

「あ、あー……そうだったな。うん、この話は終わりにしよう」

「レイオン様？」

「あいつ、ほんと地味なブスだったよなぁ！」

……今日、偶然アンゼリカと会ったことは内緒にしておきましょ。

あの女、前より美人になってたのよね。そのことをレイオン様が知ったら、連れ戻そうとするかもしれない。

「さて、食後の運動でもするか。……シャルロッテ、いいだろ？」

「もちろんですわ。私をたくさん愛してくださいまし」

アンゼリカは、ガマガエルの相手でもしてればいいのよ！

2章　炎熱公爵

ネージュが魔力切れを起こして数日。医者の言葉通り、熱も下がり自由に歩き回れるほどに回復した。

「おかあさま、ネジュげんきになったの！」

「よかったわね、ネージュ！　あとでお絵描きしましょうね」

「きゃー！」

やっぱり子供は元気が一番。ネージュを抱き抱えてくるくると回る。

だけど私は現在、ある悩みを抱えていた。

それは……

「し、視察ですの？」

突然執務室に呼び出されたと思ったら、近々伯爵家が管轄している騎士団へ視察に行くことを告げられた。

それ自体はなんの問題もない。しかし、なぜか私も同行する流れになっていた。

「こ、こういうのって、普通当主だけが行くんじゃありませんの？」

「普通はな。だが今回は年に一度の大規模演習の視察だ。そのうえ、君のお披露目も兼ねている」

「そうですわよね……」

かなりの大イベントだ。私、人前に出るのが苦手なんですが？

それに騎士団の視察って。

「……行きたくないという顔だな」

「い、いいえ。そんなことありませんわよ」

「正直に答えろ。やはり騎士団には思うところがあるのか？」

「ええ、まあ……」

シラーにじっと見つめられて、ついに白状してしまった。

レイオンのところとは違うと分かっていても、やっぱり騎士団と聞くと気が重くなってしまう。

だけど、こんなことで「行きたくありません」って駄々《だだ》を捏《こね》ねたくない。シラーには恩があるわけだし。

「ですが、ほんの少しだけですわ。何も問題は……」

「分かった。君は体調が優れないので、欠席ということにしておこう」

え？

「そういうわけにいきませんわよ。大事な視察なのでしょう？」

「だからこそだよ。無理矢理同行させて、兵士たちの反感を買う真似をされても困る。君は結構表情に出やすいからな」

言い方ァ！　だけど、これ私を滅茶苦茶気遣《きづか》ってるよね？　だったら、なおさら行かなくちゃいけない気がしてきたわ。

「子供じゃありませんもの。無礼を働くことはいたしませんわ」

「はいはい。来年は頼むよ」

いくら食い下がっても、軽く受け流されてしまった。

ああもう、こんなことなら素直に言わなきゃよかったわ。

視察は明後日。それまでにどうにか、シラーを説得できないかしら。

「……おかあさま、どーしたの？」

ネージュに声をかけられて、ハッと我に返る。

「ごめんなさい、なんでもないのよ」

「あのね、おえかきできたよ！」

ネージュが画用紙を両手で持って、私に見せてくれた。それには先日買ったクレヨンで絵が描かれている。

「これがネジュで、こっちはおかあさま。こっちはおとうさまなの」

「うんうん。とっても上手ね。こちらのメイドさんはララかしら？」

「うん！　こっちにいるのは、アルおじちゃん！」

アルセーヌのことだろう。片目だけぐるぐる巻きになっているのがちょっと面白い。

あー、可愛い。あとで部屋に飾っておこうかしら。そう思いながら絵を眺めていると、あることに気付いた。

ネージュの後ろに謎の生首が浮かんでいる。背後霊かと思った。

「……ネージュ、これはだぁれ？」

「これはおにいさ……あっ！」

「おにいさま」と答えようとして、ネージュは慌てて両手で口を押さえた。

待って、お兄様？

「ちがうの！　ちがうの！　これはしらないひとなの！」

でも、今お兄様って言ったよね⁉

傍にいたララへ意見を求めるように目配せをすると、困惑の表情で首を横に振られた。

え？　やだ怖い……。

「お前がアンゼリカか？」

その時、低い声で名前を呼ばれた。

声の方向へ視線を向けると、部屋の入り口で仁王立ちしている女性の姿があった。

年齢は30代半ばだろうか。アッシュブロンドの髪を短く切り揃え、ルビーレッドの瞳はまっすぐ私を見据えている。

そして、左頬には大きな火傷《やけど》の痕《あと》。

ど、どちら様？

私が目を丸くしていると、ララが青い顔でガタガタと震え出した。

「プ、プレアディス公爵様……っ！」

プレアディスって……まさか『炎熱公爵』!?

エクラタン王国王都は、二大騎士団が守護している。

一つは、マティス伯爵家が率いるマティス騎士団。

そしてもう一つは、プレアディス公爵家が率いる炎熱騎士団。

プレアディス公爵家は建国にも大きく貢献した一族であり、今もなお絶大な権力を誇る。

早世した夫に代わり、現在は妻のカトリーヌが当主兼騎士団長を務めている。

カトリーヌは豪剣と火の魔法の使い手であり、数年前、王都を襲撃した反乱軍を退けた功績を持つ。その勇ましさから『炎熱公爵』と呼ばれるようになり、他国からも畏怖《いふ》される存在となった。

どうして彼女についてそんなに詳しいかって？

カトリーヌの息子が、『Magic To Love』の攻略キャラなのよ。

母親によく似て寡黙な青年なんだけど、熱いハートを持つ公爵子息様だった。

カトリーヌ自身もゲームに登場していたけど……火傷の痕を隠すためか、仮面を被っていたよね。

素顔を見るのは、これが初めて。怖そうな雰囲気だけど、すごい美人。

「な、なぜあなたがこちらに……」

「ここは私の生まれ育った家だ。何か問題でもあるのか？」

「滅相もございません！」

カトリーヌの問いかけに、ララが背筋を正して答える。

ん？　生まれ育った……？

「カトリニュおばちゃま！」

ネージュウウウ⁉

おばちゃま呼ばわりされて、カトリーヌがぴくりと片眉を上げた。

「こ、公爵様っ！　娘が大変失礼しまし……」

「応接室で待つようにと言ったじゃないか、姉上」

少し呆れたような表情のシラーが、ひょっこりと廊下から顔を覗かせた。

姉上ということは……

「プレアディス公爵は、旦那様のご令姉様であられます」

ララが私にこっそり耳打ちをする。

プレアディス公爵家とナイトレイ伯爵家って繋がってたの？　世間って狭いのね……。

「弟よ、彼女がお前の新たな妻か？」

「ああ、そうだよ。そのうち紹介するつもりだった。分かったか？　分かったなら、さっさと応接室に行くぞ」

シラーが早口で捲《まく》し立てて、カトリーヌを退室させようとする。

しかし女公爵は、私をきつく睨み付けて一言。

「重要な話だ。彼女にも同席してもらう」

私の義姉がものすごく怖い。

怯えながら応接室へと向かう。私とシラーが隣同士に腰を下ろすと、その向かい側に座ったカトリーヌが話を切り出す。

「お前のところで行われる軍事演習だが、急遽《きゅうきょ》我ら炎熱騎士団も加わることになった。準備をしておけ」

「…………」

シラーが愛想笑いを浮かべたまま凍り付いた。

「姉上、一ついいかな？」

「なんだ」

「演習の日程は把握しているのか？」

「明後日と聞いている」

「知っていたなら、なぜもっと早く教えてくれなかったんだ。こちらにも心の準備というものがあるんだぞ」

眉間《みけん》に皺を寄せて抗議する弟に、カトリーヌは涼しい顔で切り返す。

「有事の時に備え、臨機応変に対応する力を身に付けるためだ。戦争や自然災害は、突然やって来るものだからな。それに多少の融通は利いてやる」

ご、ごもっとも。シラーも反論できず、押し黙っている。

するとカトリーヌの矛先《ほこさき》は、私にも向けられた。

「そしてお前が弟の伴侶に相応《ふさわ》しいか、この目で見極めてやる。もし不備があれば、その時は

「……分かっているな？」

女公爵が冷ややかに私を見つめる。

その時はって……私、この家から追い出されるってこと？

この人ならあり得る。そうなったらネージュともお別れ？

そんなの絶対に嫌よ！

「気合いが入っているところすまない。あいにくアンゼリカは……」

「お手柔らかにお願いいたしますわ、お義姉様」

シラーの言葉を遮って、にこやかに返事をする。

もうあとには引けないわ。必ず私を認めさせてみせる。

「……威勢のよい小娘だ。せいぜい頑張ることだな」

カトリーヌの背後からゴゴゴゴとかドドドドって幻聴が聞こえる。この気迫はなんなの⁉

◆◇◆◇◆

そして迎えた視察当日。

雲一つない澄んだ青空の下、甲高い泣き声が響き渡っていた。

「やだぁぁぁっ！　ネジュもいっしょにいくのぉ！」

屋敷の外まで見送りに来たララの腕の中で、ネージュが真っ赤な顔で泣き叫んでいる。

丸一日帰って来ないことは一昨日のうちに説明しているし、ネージュも「おるすばん、がんばるっ」って言ってたけど、やっぱり寂しいわよね。

「はーい。ネージュ様、お留守番頑張りましょうね」

「おかあさまっ。いかにゃいで、おかあしゃまっ！」

ララがなんとかあやそうとするが、効果なし。短い手を必死にこちらへ伸ばしてくる。

うう、決意が揺らいでしまう……！

「たかが1日離れるぐらいで、ここまで泣くものなのか」

その様子を見ていたカトリーヌがぼそりと呟く。

そしてズワッとネージュの頭を鷲掴《わしづか》みしようとする。握り潰される！　と危機を感じたと同時に、シラーが無言で手首を掴んで阻止した。

「おっ、お騒がせして申し訳ありませんでした！　ネージュ様のことは、私たちにお任せください！」

ララは小走りで屋敷の中へ引っ込んだ。悲痛な泣き声が遠ざかっていく。

「お前の娘は騒々しいな。私の息子が幼い頃は、もっと静かだったぞ」

「それは失礼。だが、元気な証拠じゃないか」

「…………」

「…………」

じっと睨み合う姉弟。2人とも国宝級の顔面なのだが、だからこそ迫力がある。

大丈夫かしら、この視察。何かもうすごく不安になってきた。

「うちの馬車に乗れ」と言うカトリーヌのお言葉に甘え、公爵家の馬車を利用することになった。

車体の上部には、7つの星を鏤めたようなデザインの盾が描かれている。プレアディス公爵家の紋章だ。たぶんプレアデス星団がモチーフになっているのだろうが、荘厳さを醸し出している。

「失礼いたします」と断って乗車すると、窓際の席に先客がいた。

歳は10歳前後。カトリーヌと同じアッシュブロンドに、澄み切ったミントグリーンの瞳。そして人形みたいな顔立ちの少年だ。

このカラーリング、どこかで……。

「紹介しよう。息子のメテオールだ」

そう言いながらカトリーヌが少年の隣に腰掛ける。

メテオール⁉　あの堅物ムキムキイケメンって、こんなに線の細い美少年だったの⁉

いやいや、衝撃を受けている場合じゃないわ。挨拶挨拶っと。

「お初にお目にかかります。私はナイトレイ伯爵夫人アンゼリカと申しますわ」

クワッ。私が自己紹介をすると、メテオールはなぜか目を大きく見開いた。え、今の挨拶何か問題だった？

「何をしている。お前も早く名乗れ」

「……プレアディス公爵子息、メテオールと申します。以後、お見知り置きを」

「え、ええ。こちらこそよろしくお願いいたします……」

顔と言葉が一致していない。母親譲りの冷たい視線を浴びせてくる。

「はは。空気が悪いようだ。少し換気しようか」

私の隣に座ったシラーも、目が全然笑っていない。

ビュウビュウと冷たい風が車内に入り込む中、馬車がゆっくり発進する。

「…………」

「…………」

「…………」

「…………」

アンゼリカですが、馬車の空気が最悪です。

◆◇◆◇◆

「行っちゃいましたけど、奥様大丈夫でしょうか……？」

「旦那様がついていらっしゃるのです。なんとかなりますよ」

アルセーヌはそう言うものの、ララは楽観的になれなかった。何せあの炎熱公爵がいるのだ。泣かされて帰ってくるかもしれない。

「それに、ネージュ様も可哀想です……」

ララはため息を零して、一人寂しく部屋で過ごしているネージュをそっと覗き見た。

「うん。おかあさま、あしたまでかえってこないの……ほんと？　ネジュとおはなし、いっぱいしてくれるの？　ありがと、おにいさま！」

……幼い主は、一体誰と話しているのだろう？

◆◇◆◇◆

「お待ちしておりました、伯爵様。ご足労いただきありがとうございます」

演習区域はナイトレイ領の南部だった。

既に大勢の兵士が集まっていて、私たちの馬車が到着すると一斉に背筋を正した。

……ってすごい人数！　胸に赤いバッジを着けているのが炎熱騎士団の人たちだろうか。

「君、ぼーっとしていないで挨拶」

「わ、分かってますわ！」

シラーに促されて、兵士たちの前に立つ。見られてる。滅茶苦茶注目されてる！

「初めまして、皆様。先日ナイトレイ伯爵家に嫁ぎましたアンゼリカと申しますわ」

勇気を振り絞ってカーテシーを披露したものの、兵士たちを取り巻く空気がおかしいことにすぐ気付く。

皆、驚いた表情で私を凝視している。え、私、何かしました？

演習はまだ始まったばかりなのに、早くも心が折れそう。

「では演習を開始する。皆の者、配置につけ！」

「はっ」

シラーの号令で兵士たちが素早く動き始めた。

炎熱騎士団の方にも、カトリーヌが手短に指示を出している。

私は特にやることもないので、少し離れたところで椅子に座ることに。演習なんて初めて見るから、ドキドキしてきたわ。

周囲には厳つい護衛たちが控え、私の隣にはメテオールがちょこんと座ってる。

「投石開始っ！」

遠くにある的に向かって、兵士たちが紐《ひも》のような道具を使って石を投げる。

ヒュンッという風切り音のあと、乾いた音を立てて的が砕けた。こわっ！　あれってただの石よね⁉

ちらりと隣へ視線を向けると、メテオールは表情一つ変えずにその様子を眺めていた。落ち着いている子だわ……。

「奥様は、演習をご覧になるのは初めてですか？」

と、護衛の一人がにこやかに話しかけてきた。

「ええ。本格的なのね……」

「まあ、有事に備えての訓練ですので。気は一切抜けません」

「そ、そうですわね。変なことを言ってごめんなさい」

世間知らずと思われただろうか。頬が赤くなる。

ん？　あの鎧を着たイケメンは誰だ……って、うちの旦那ぁ⁉

そして兵士たちと模擬戦を始めてしまった。ちょ、ちょっと大規模演習だからって、張り切り過ぎじゃない？

「剣筋は悪くないが、動きが粗い。次。……君は力任せに剣を振りかぶるくせがあるな。大きな隙が生まれている。次」

……すごい。次々と兵士を負かして、アドバイスしている。

いつも執務室に引きこもってばかりの、仕事人間だと思っていたのに。

「伯爵様は、エクラタン王国の中でも有数の剣士であられます。あの速さについていけるのは、プレアディス公爵様ぐらいですよ」

「そうですのね」

「……もっとも、私もなかなかの腕前ですがね」

護衛は私の肩に手を置くと、揉むような動きをした。

驚いて見上げると、ニヤニヤと笑う護衛と目が合う。なんだ、このおっさん、気持ち悪……。

「ん？　メテオール様、どうなされました？」

その時、メテオールが護衛の脇を軽くつついた。そして無表情のまま、人差し指をピンと立てる。

「上に何が……ぶえっ！」

ぱしゃんっと、護衛の頭に大量の水が降り注ぐ。今のは……魔法？

「な、何をなさるのですか⁉」

「……嫌がってる」

メテオールがぼそりと呟くと、水浸しの護衛はさっと顔色を変えて「し、失礼しました！」

と頭を下げた。私に。

「……もしかして私を助けてくださったのですか？」

私の問いかけに、メテオールはこくりと頷いた。

「ありがとうございます、メテオール様」

「メテオール」

「え？」

「敬称はいらない」

感情の読めない眼差しを向けながら、静かな声で告げてくる。

少し心を開いてくれたってこと……？

その後も演習の様子を眺めていると、正午を知らせる鐘の音が鳴った。

途端、兵士たちが訓練を中断して隊列をなす。軍隊って感じねぇ……と、当たり前の感想が浮かんだ。

昼食込みの休憩時間は1時間。いつもなら兵舎で食事を摂るらしいが、本日は炎熱騎士団もいるので、屋外にもスペースが設けられていた。

一昨日に知らされたばかりなのに、やけに段取りがいいような。

「伯爵様、お食事は如何《いかが》されますか？」

兵士の一人がシラーに尋ねる。

「いつも通り持参してきた。妻の分だけを頼む」

「かしこまりました」

シラーは簡潔に指示を出すと、私へ目を向けた。

「君もお疲れ様。さあ、一旦《いったん》部屋で休もうか」

「いえ。私は何もしていませんわ」

兵士の皆さんが頑張っているのを、ぼーっと見ていただけだもんな。

「ああ、それと君には演習後に話がある。何のことかは分かっているな？」

シラーが声をかけたのは、私の肩を掴んできた護衛だった。「は、はい……」と力なく返事をしている。合掌。

「カトリーヌ様とメテオール様も、お部屋で召し上がりますの？」

「姉上たちは兵士たちと食事を摂る。私の代わりに、メニューの味や栄養バランスをチェックしてくれるんだ」

兵舎は訓練場の近くに聳《そび》え立っていた。建物自体はマティス騎士団の兵舎より小さく見えるが、隅々までしっかりと手入れがされていて、清潔感がある。毎日欠かさず、掃除をしているらしい。

専用のクリーンキーパーを雇っていると聞いて、私は驚いた。

「マティス騎士団では、掃除も階級の低い兵士の仕事でしたわ」

「こちらでは軍属に任せているよ。備品などの補給、食堂の管理も彼らの仕事だ。向こうもそうじゃないのか？」

「いいえ。料理番も、私以外は交代制でしたもの」

料理初心者の兵士が厨房を荒らしちゃって、大変だったな。

しみじみと話す私に、シラーは眉をひそめる。

「ん？　なぜ非兵士を雇おうとしないんだ」

「一通りの仕事ができて、一人前の兵士だと仰っていましたわ」

レイオンが。

「なんだそれは。軍属の雇用は、失業対策の一環でもある。王族もそれを奨励していて、二大騎士団には王族から支援金も出されていると姉上が言っていたぞ」

「あらら。結構優遇されてましたのね」

「マティス騎士団長の考えは否定しない。だが、それなら支援金を受け取る必要は……なるほど、そういうことか」

合点がいった様子で頷いているが、私にはなんのことか分からなかった。

私たちにあてがわれたのは、伯爵家の屋敷と遜色《そんしょく》ない豪華な一室だった。見るからに高価そうな家具や調度品が置かれていて、奥にある2つの扉はそれぞれの寝室に続いている。

こんなに立派な部屋にたった1日しか滞在しないなんて、少し勿体《もったい》ないような。ネージュも連れてきたら、喜んでいたと思う。

部屋で暫し待っていると、ふくよかな体型のおばさんが料理をワゴンに載せて持って来てくれた。

「お待たせいたしました」

「ありがとうございます。とっても美味しそうですわね」

ふっくらと焼き上がったパンに、白身魚のムニエル。新鮮な葉野菜のサラダに根菜のポタージュ、デザートのケーキまでついている。

まさかこんなご馳走を食べられるとは思わなかった。まさに至れり尽くせりね。

「では、ごゆっくりお召し上がりください」

おばさんはぺこりとお辞儀をして退室する。

シラーも自分の食事を用意し始めた。

「……それだけで足りますの？」

私は怪訝そうな顔で尋ねた。

栄養価だけは高いが、固くて酸味のある黒パンに、皮ごと茹でた芋。それと真っ赤な林檎《りんご》が一玉。

まるで囚人のメニューのようだわ……。愕然《がくぜん》とする私をよそに、シラーは「これが好きなんだ」と芋に塩をぱらぱらとかける。

「いつもそんな食事をされていますの？」

「これだけでは栄養が偏ってしまうからね。もちろん、焼いた肉や魚、他の野菜だって食べるさ」

本当に塩をまぶして焼いただけなのだろう、と肩を竦《すく》めて、私も食事に手をつける。

うん、どれも美味しいわ。このポタージュなんて、ネージュも喜んで食べるかも。

順調に食べ進めながら、シラーをちらりと見る。黙々と、まるで義務のように食べ物を口に運んでいた。

「僕の顔に何かついているかい？」

視線に気付いたシラーが問いかける。

「あ、いえ。その、急にお義姉様の騎士団と演習をなさることになって、大変でしたわね」

「そうでもないよ。いつ押しかけて来ても構わないように、ある程度用意はしているんだ。直近まで通告なしの合同演習は、先代からの慣習のようなものさ」

「どういうことですの？」

「先々代、つまり僕の祖父が当主を務めていた頃の話だよ。隣国で魔物の集団凶暴化が発生して、ナイトレイ領にまで侵入してきた。祖父はすぐさま王都に救援を求め、炎熱騎士団が派遣されたんだ。しかしあまりに突然のことで連携が全く取れず、どうにか人里への侵入だけは食い止められたが、双方の騎士団で多大な死傷者を出す形となった。祖父も、そこで命を落とした」

「魔物の集団凶暴化……」

そう、この世界には精霊もいれば、魔物なんて物騒なものも存在している。

1匹2匹なら簡単に対処できるが、集団凶暴化となるとその数は万を超える。

ゲームでも集団凶暴化が発生して、王国が滅亡するバッドエンドがあったな。誰のルートだったっけ。

「それ以来、常に準備を怠らず、迅速《じんそく》に行動できるように、両家とも、その考えを念頭に置いているんだ。当然こちらから炎熱騎士団へ出向くこともある」

ん？　騎士団がどうとかの問題じゃないんだ。

「あら。でしたら、お義姉様に文句を仰らなくてもよかったのに」

「……今回ばかりは君がいるから、来ないと思ったんだよ」

私がいるから来ない？　その理由が気になったが、シラーはそれ以上語ろうとしなかった。

なんとなく触れてはいけないような気がして、私も聞かないことにした。

昼食を終えてゆっくりしていると、休憩の終わりを告げる鐘が鳴った。シラーが席を立ったので、私もついて行こうとするが、「私一人で問題ないよ」と止められる。

「午後は風が出てきて少し冷える。君は部屋で過ごしているといい」

「お気持ちはありがたいのですけど、することがなくて暇ですわ」

こんなことなら、屋敷から本の1冊でも持ってくればよかった。

「そうですわね……兵舎の中を見学してもよろしいでしょうか？」

「それは構わないが……大丈夫なのかい？」

「ええ。私がいた兵舎とは全然違いますもの。モヤモヤしていたものがなくなりましたわ」

私がそう言い切ったと同時に、こんこんとドアをノックする音が聞こえた。

シラーが開けると、訪問者は意外な人物だった。

「メテオール……様？」

シラーがいる手前、呼び捨てにするわけにもいかない。メテオールもそれを察してか、無言でこくりと頷く。

「アンゼリカ様は、この後何かご予定はございますか？」

メテオールの後ろについていた護衛の一人が尋ねてきた。

「特に何もすることがないので、兵舎の中を見て回ろうと思っていましたわ」

「でしたら、私たちもご一緒してもよろしいでしょうか？　ちょうどメテオール様が散歩をしたいと仰っていたのです」

「もちろんですわ。よろしくお願いいたします」

少し屈んで目線を合わせ、メテオールに言葉をかける。

「うん」

ミントグリーンの瞳が、私を真っ直ぐ見据えている。と、私からシラーへと視線が移った。

「……僕が何か？」

「…………」

ふるふる。首を横に振り、私の裾を摘まむ。

この世界で小さな子供と触れ合うのは、ネージュ以来だ。私はふふっ、と笑みを零して、

「では、行ってきますわ」と夫に一礼して部屋を出た。

ナイトレイ領の騎士団——残夜騎士団の兵舎は図書室や談話室、売店などもあり、かなり充実した施設となっている。

長い廊下を進んでいくと、机と椅子が並べられ、大きな黒板のある部屋を通りかかった。

「こちらのお部屋は、何をなさるところなの？」

「ここでは、文字の読み書きや、四則演算を教えています。兵士の中には、満足に教育を受けられなかった者も多いですからね」

室内を見回しながら護衛が答える。貧困層の平民の識字率は、低いっていうものね。それに足し算、引き算、かけ算、割り算って基本的な計算を学べるのも大きいと思う。

その後も室内の訓練場などを巡り、最後に食堂へとやって来た。

「ご見学ですか？　どうぞどうぞ、何もないところでございますが」

私の昼食を運んできてくれたおばさんが、恭しくお辞儀をする。ちょうどお昼過ぎで、料理番たちも手が空いたところだった。

「失礼しますわ……」

厨房に足を踏み入れる。思った通り、綺麗に手入れがされている。床は油でべとついていないし、食材のカスも落ちていない。

それに調理器具も、ピッカピカ。試しにフライパンを手に取ってみると、重厚な見た目とは裏腹に、軽くて持ちやすい。これなら女性でも、楽に扱えそうだ。

「はぁ……」

マティス騎士団で働いている時も、こんなフライパンが欲しかったわ……。つらい日々を思い出しながら、取っ手をぎゅっと握り締める。

一瞬、フライパンが赤く光った。

……今のは一体。それに、先ほどは気付かなかったが、取っ手の部分に赤い宝石のようなものが埋め込まれている。

「あら、お洒落なデザインですわね」

「……そんなフライパン、あったかしら？」

おばさんたちが訝《いぶか》しげに首を傾げた時だった。かまどの陰から、ヒュッと何かが飛び出した。

「キャッ！　灰羽ネズミ！」

料理番の誰かが叫んだ。

灰羽ネズミ。そのネーミング通り、背中から灰色の羽を生やした、ネズミの魔物だ。ドブネズミほどの大きさだが、気性がとても荒く、その鋭い牙は人間の骨をも簡単に砕く。

「皆さん、厨房から出てください。急いで！」

護衛たちが私とメテオール、おばさんたちを厨房の外へ避難させる。そしてすぐさまネズミを捕らえようとするが、

「くそっ、逃げたぞ！」

彼らの足元を掻い潜《くぐ》り、ネズミが厨房から逃げ出した。

うわーっ、こっちに来た！　慌てて逃げようとすると、なんとメテオールが私たちを守るように一歩前に出た。

そこへ飛びかかる灰羽ネズミ。

「こっち来んなって言ってるでしょ!!」

私は咄嗟にメテオールを庇《かば》うように抱き締め、握り締めたままのフライパンをブンブンと振り回した。

ほんの少しだけ、ネズミの体を掠った感覚があった。だけど魔物相手に、このくらいじゃ……

「チヂッ!?」

「はいっ!?」

次の瞬間、謎の炎がネズミを包み込んだ。そしてものの数秒で焼き尽くし、真っ黒な灰だけが残される。

その場が水を打ったように静まり返った。

………めっちゃ燃えたな。え、今私がフライパンで殴ったせい？　摩擦熱で発火したとか？

私、そんなにフライパン振るのが速かったかな……。

いくら頭を捻っても謎は解けそうもない。するとその時、護衛の一人が震える声で呟いた。

「せ、精霊具……」

説明しよう！　精霊具とは、その名の通り精霊の力が封じ込められたアイテムである！

本来なら高位貴族にしか使うことのできない魔法も、この精霊具があれば低位貴族だろうが平民だろうが、誰にでも取り扱える。そんな、すごいアイテムなんだけど……このフライパンが？

「何を仰っているのですか！　こちらはただのフライパンでございますよ？」

困惑気味に否定したのは、料理番のおばさんだった。他の料理番も賛同するように頷いている。

しかし先ほど呟いた護衛は、興奮気味に力説する。

「ですが、皆さんもご覧になったでしょう？　これに触れた途端、灰羽ネズミは跡形もなく焼き尽くされました。このフライパンは、間違いなく精霊具です！」

えぇぇぇぇぇっ!?　ゲームで登場した精霊具は王家の墓に埋葬されていた聖剣とか、公爵家が

家宝としている盾とか、王妃が代々身に着けているペンダントとか、いかにもなラインナップだったよ⁉

そこにフライパンも加入させちゃうの？　威厳もへったくれもあったもんじゃない。

「奥様、そのフライパンをよく拝見させていただいてもよろしいでしょうか？」

「え、ええ。どうぞ」

半信半疑になりながらフライパンを護衛に渡す。

じゅっ、と肉が焼けるような嫌な音がした。

「うわぁっ！」

護衛が悲鳴を上げて、フライパンを放り投げてしまった。彼の手のひらは焼け爛《ただ》れ、白い煙を上げている。

「ん」とメテオールが護衛を指差すと、ぷよぷよとした水の塊が火傷をした手を包み込んだ。

「あ、ありがとうございます」と護衛が礼を述べた。

私が持っていた時は全然熱くなかったし、むしろひんやりしていたんだけどな。誰も拾おうとしないフライパンを、しゃがんでつんつんとつつく。

恐る恐る手に取ろうとすると、「奥様、いけませんっ！」と周囲から制止された。

「……大丈夫ですわよ。ほら」

抱え込むようにフライパンを持つ。真っ黒なボディが窓から差し込む日光を鋭く反射している。

「ほ、ほんとだ。だが私が触ろうとしたら、ものすごく熱かったですよ?」

火傷をした護衛が不思議そうにフライパンを見る。

「これはどういうことだ……?」

「やめたほうがいいよ」

他の護衛が触れようとするのを、メテオールが小声でやんわりと止める。

「たぶん……他の人に触れられるのを精霊が嫌がってる」

つまり……私以外は触れないってこと?

と、護衛たちがにわかに動き始める。

「伯爵様と公爵様にも今すぐご報告しなければ。お2人をお連れしろ!」

「会議室に向かうぞ。あそこなら防音設備がされている」

「奥様やあなた方もご同伴願えますか?」

私だけではなく、料理番のおばさんたちも言われるがまま頷く。何かとんでもないことになってません……?

1階の突き当たりにある会議室に入る。

分厚いカーテンに閉め切られていて、日中にも拘わらず真っ暗だ。護衛の一人がランプを点けると、室内がぼんやりと明るくなる。

待つこと数分。硬い表情をしたシラーとカトリーヌが慌ただしくやって来た。

「あの……演習の最中に申し訳ありません……」

「精霊具が発見されたんだ。演習どころじゃないよ」

謝る私に、シラーが言う。一方カトリーヌは、私が抱えているものを注視していた。

「……まさかそれが精霊具だと言うのか」

「そうらしいですわ」

目を逸らしながら答えると、シラーが怪訝な声で呟く。

「本当に、ただのフライパンじゃないか」

「そんな疑うような目で見ないでくださいまし……」

私だって何がなんだか分からないんだから。

気まずい雰囲気の中、カトリーヌが私の前に立った。ひぃぃぃぃ、睨まれてる……！

「アンゼリカ、それの裏側を私に向けろ」

「こ、こうですの？」

私に指示を出すと、カトリーヌは人差し指をピンと立てた。その指先に、小さな火の玉が生まれる。ファンタジー映画に登場する邪悪な魔女みたいだと思ってしまった。

カトリーヌが指先をフライパンに近付ける。すると火の玉は、ヒュルルル……と煙のように吸い込まれていった。

「ふむ。にわかには信じがたいが、精霊具で間違いないようだ」

冷静な口調でカトリーヌは断言した。

「マ、マジですの？　厨房で使われていたものですわよ？」

テンパり過ぎて、雑な敬語が出てしまった。

「ああ、マジだ。取っ手に宝石のような赤い石が埋め込まれているな？　それは精霊具の核だ」

あれ？　この義姉、意外とノリがいいな。

とにもかくにも、フライパンはひとまず会議室にある金庫に保管することとなった。……金庫に？

「そこまで厳重になさらなくても……」

「厳重にもなるさ。現在エクラタン王国に現存している精霊具は、数点のみ。国宝中の国宝だよ」

シラーはそう言いながら、金庫のダイヤルを回した。カチッと軽い音のあと、重い扉をゆっくりと開く。

「フライパンを中へ」

シラーに促され、金庫の上段にフライパンをそっと置く。なんちゅう絵面だ……。

扉を閉めると、シラーはダイヤルを無造作に回した。そして私たちに向き直る。

「分かっていると思うが、この件は他言しないように。いいね？」

念を押すような物言いに、護衛や料理番の方々が神妙な顔付きで頷く。

あのフライパン、どうなっちゃうんだろう。王宮とかに飾られるのかな。ぼんやりと考えながら部屋を出ようとした時、これまで黙っていたメテオールが口を開いた。

「……。怒ってる」

次の瞬間、背後で耳をつんざくような爆音が響いた。驚いて振り向くと、金庫があった場所は火の海と化していた。ちょっと待って、シラーが爆発に巻き込まれたんじゃ……。

「旦那様っ！」

「なんだい？」

炎の中から声が聞こえた。

爆炎から守るように、巨大な水泡が私の夫を包み込んでいる。

その傍らではフライパンが赤く発光しながら、ふわふわと宙を浮かんでいた。

「これ、結構高かったんだぞ」

金庫の残骸を見下ろして、シラーが小さくため息をつく。気にするところ、そこなの？

結局フライパンは私が持っていることに。護衛を火傷させ、金庫を破壊したりとやりたい放題だった彼も、私が手にすると嘘のように大人しくなった。この暴れん坊め。

「精霊具って持ち主を選びますのね……」

「珍しくもないさ。王妃のペンダントも他の人物が身に着けると、たちまち生気を吸い取られてミイラになるそうだよ」

シラーが笑顔で物騒な話をする。それは精霊具というより、呪物の類《たぐ》いなのでは？

だけど今日一日、私はずっとフライパンを持ち歩いているわけか。端から見たら、ただの不審人物じゃないの。

「お前以外は触れることも敵わん。大して心配はいらんだろう」

カトリーヌが演習に戻っていく。シラーも「何かあったら、すぐに呼んでくれ」と私に一言告げて、そのあとに続く。

私は護衛に囲まれて過ごすことになったんだけど……暇だわ。精霊具を持ったまま、あちこち歩き回るわけにもいかないものね。

「そうだわ。厨房をお借りしてもよろしいかしら？」

「それはいいですが……まさか、そのフライパンをお使いに？」

「いえいえ！　違いますわ！」

料理番のおばさんがおずおずと尋ねるので、私は大きくかぶりを横に振った。国宝でクッキングとか恐れ多過ぎるわ！

私はコホンと咳《せき》払いをして、その場にいる人たちを見回しながら言った。

「お騒がせしたお詫びに、お菓子をお作りしようと思いますの」

「えっ。奥様がですか？」

「私、こう見えてもお菓子作りが得意ですのよ」

ネージュにリクエストされるから、よく作っているのだ。ララや他の使用人からも好評を博しているし、味には自信がある。

早速エプロンに着替えて、厨房に立つ。夕食の準備もあるだろうし、手早く作れるものがいいな。材料も少なく済むから、プリンにしよう。というより、私が食べたい。

「メテオールもプリン……じゃなくて、プティングでいいかしら？」

じぃっとこちらを見ている少年に尋ねると、「僕にも作ってくれるの？」と聞かれた。

「ええ。とっても甘くて美味しいわよ」

「……ありがとう」

ちょっと嬉しそう。よーし、俄然《がぜん》やる気が出てきたわ。私は腕まくりをして、作業に取りかかった。

「こ、これがプティング？」

「アタシたちの知ってるプティングじゃないね……」

「だが、美味い」

「滑らかな食感と、つるんとした喉越し……そして下に隠れてるソースも絶品だわ」

伯爵家の屋敷で初めて蒸しプリンを作った時も、びっくりされたのよね。この世界のプリンと言えば、果物やナッツに卵と牛乳を混ぜて蒸したものらしい。それも美味しいけど、やはりプリンと言えばカスタードプリンだ。

「……美味しい」

メテオールがぽつりと呟く。彼のプリンには、カラメルソースが入っていない。あのほろ苦さが苦手な子供も多いと思う。ネージュも「にがいの、いや！」と言って、食べるのを止めてしまったもの。

とにかくみんなが喜んでくれて、作った甲斐があったわ。私も自分の分に手を伸ばそうとした時だった。突如食堂の空気が凍り付いた。

険しい表情のカトリーヌが入ってきたのだ。

「……お前たち、何を食べている？」

「し、失礼しました！」

ギロリと睨まれて、護衛たちが一斉に席を立った。まずい、私のせいで叱られてしまう！

「お待ちください、カトリーヌ様。私がお願いして、召し上がっていただいたのです！」

私が口早に事情を説明すると、ルビーレッドの瞳が鋭く光った。

「菓子を作ったのか。お前が」

「はい……」

「………………」

ご、ごめんなさい。こちらでは甘味禁制でしたか……？

「どうぞ」

重苦しい空気を破ったのはメテオールだった。母親に声をかけながら、プリンを差し出す。

この子には2個渡していたのだ。

「それはお前の分じゃないのか？」

「僕は一ついただきました。どうぞ」

「……分かった」

カトリーヌは渋々といった様子で、プリンを受け取った。私がスプーンを手渡すと、席に座って食べ始める。

「………」

一口目を食べたところで、一瞬炎熱公爵の動きが止まった。しかしすぐに二口目を口に運ぶ。美味しいとも不味いとも言わない。ただ黙々と食べ続ける。

そして、あっという間に完食。

「……馳走になった。食器はどこに運べばいい？」

「い、いえ。私が片付けておきますわ！」

「そうか。返礼は後日行う」

カトリーヌが颯爽《さっそう》と立ち去る。……味の感想、聞けなかったな。

やがて夕方になり演習は終わりを迎え、食堂には大勢の兵士が押し寄せてきた。お邪魔になるといけないので、私はフライパンを持って厨房裏にある小さな庭へ一時避難。周囲は塀に囲まれているし、ここなら安全だろう。

白い花を付けた野草が、風に吹かれて揺れていた。

「綺麗ね」

「うん」

一緒についてきたメテオールがこくんと頷く。押し花でも作ろうかしら。ちょうどよさげな花を探していると、後ろから袖を軽く引っ張られる。

振り返ると、メテオールが一輪の花を私に差し出した。

「ありがとう、メテオール。あとで押し花にして……」

「僕が大きくなったら、結婚してください」

……ん⁉

「け、結婚？」

こくり。

「メテオールと私が？」

こくり。表情を変えることなく、私の質問に首肯《しゅこう》している。

この子、結婚の意味をよく分かっていないのでは……いや、賢い子だもの。ちゃんと理解しているはず。

そもそもの話、

「あなた、私のことが好きなの？」

「初めて会った時から」

一目惚れでしたか〜!!　淡々とした声で切り返されて、今朝《けさ》のことを思い出す。私が馬車に

乗った時に、こちらをじっと見つめていたっけ。

今の私って、外見だけならすごく美人さんだもんね。だけど子供の純情を弄《もてあそ》んでいるような、罪悪感がある。

「それに僕を守ってくれた」

灰羽ネズミに襲われた時のことかしら？

すごい形相《ぎょうそう》でフライパンを振り回していただろうし、ときめく要素はなかったと思うけどな。

「……ありがとう、メテオール。気持ちは嬉しいけれど、あなたとは結婚できないわ。私はシラー様と結婚させていただいたの」

「でも叔父上は、強引にアンゼリカ様を娶ったのかもしれないって」

「どなたから聞いたの？」

私がぎょっと目を見開くと、メテオールは「母上と執事が話してた」と答える。

「誤解ですわ。……たぶん」

「違う？」

歯切れが悪い返答をする私に、メテオールが間髪入れず尋ねる。

返済の肩代わりをしてもらう条件として結婚しました。……とは口が裂けても言えない。

だが、この子が言わんとすることは、なんとなく分かった。

「旦那様はとても優しい方よ。心配しないで」

「ひどいことされてない？」

「ええ。少しだけ言い方が冷たいのが、玉に瑕《きず》だけど」

「……幸せ？」

その質問に答えようとした時、「メテオール様、公爵様がお呼びです」と炎熱騎士団の人がやって来た。「分かった」とメテオールが頷いて、厨房に戻ろうとする。

けれど、その間際にこちらへ振り向いて、

「……諦めなくていい？」

こてんと首を傾げて問いかける。

何を、なんて聞かなくても分かる。美少年の後ろ姿を見送りながら、私は火照《ほて》った頬をフライパンの裏に押し付けた。イケメンって、小さな頃からイケメンなのね……。

心ここにあらずといった具合で部屋に戻ると、シラーの姿はなかった。カトリーヌと軽い晩酌《ばんしゃく》をしているのだとか。

代わりに女性の兵士が、私の護衛兼話し相手になってくれた。

そして暫くした頃、誰かがドアを強めにノックした。

「私だ」

訪問者はカトリーヌだった。

女性兵がドアを開けると、なぜかシラーに肩を貸した状態で部屋に入ってきた。

「どうなさいましたの⁉」

「深酒をしただけだ」

私が急いで駆け寄れば、カトリーヌは呆れたような口調で言った。

「好きな銘柄だったらしくてな。私が止めても無駄だった」

「お手数をおかけして、申し訳ありませんわ。……旦那様、大丈夫ですか？」

私の呼びかけに応えるように、シラーがゆっくりと顔を上げる。顔どころか、首まで真っ赤になっていて、紅い瞳は潤んでいた。

「……どうして君がここにいるんだ。店は？」

「はい？」

「それに綺麗なドレスだな。似合ってる。だが、俺が買ってあげたかった。そう思わないか、姉う……ん？　いつの間に髪を切ったんだ」

何か様子がおかしいな。私を誰かと勘違いしているっぽいし。

カトリーヌに目を向けると、「酔っ払いの戯《ざ》れ言《ごと》だ」と一言だけ。どんだけ飲んだんだ……。

女性兵を帰らせて、義姉と2人がかりで寝室へ連れて行く。

「……ラム酒？」

ずっしりと重い体を支えようとすると、アルコール臭に混じって甘い香りがした。

「ああ。酒に強くないくせに、ラムばかり飲むんだ。せめて水か白湯《さゆ》で割ればいいものを」

「紅茶で割るのもおすすめですわ。上品な香りがしますの」

「詳しいな。お前も好きなのか？」

「す、少し嗜《たしな》む程度ですわ」

以前働いていた酒場では、客は好んでラム酒をよく注文していた。度数が強いので、酔い潰れる客も多かったが。

「では、私は失礼する。それは朝まで寝かせておけ」

「はい。ありがとうございました」

なんとかシラーをベッドに寝かせたところで、カトリーヌが帰っていく。

私も自分の寝室に向かおうとした時、後ろから手を掴まれた。

「旦那様？」

「……俺は君の旦那じゃない。君にはあいつがいるだろ。あの男……」

やきころしてやる。低い声で怖いことを言う。

酔っ払いの面倒を見るのは慣れているが、これはひどい。

私はベッドの脇に腰かけて、子供に言い聞かせるように優しく語りかける。

「そんなことありません。私の旦那様はシラー様だけです」

「君の旦那は俺か」

「そうですわ。……それじゃあ、私もそろそろお休みしますわね」

自分でも言ってて恥ずかしくなってきて、強引に手を振りほどこうとする。

けれど逆に、ぐいっと引き寄せられ、シラーの上に倒れ込んでしまった。熱に浮かされた美貌が、すぐ目の前にある。

「だ、旦那様！」

急いで起き上がろうとするが、背中に両腕が回されて身動きが取れない。

必死にもがく私を、シラーがぼんやりと見つめている。

そして横に寝返りを打つと、私を一層抱き締めて囁《ささや》いた。

「俺を選んでくれて、ありがとう」

ほどなくして、頭上から安らかな寝息が聞こえ始める。

今すぐ起きてくださいまし!!

◆◇◆◇◆

「君。どうしたんだ、その顔」

「なかなか寝付けなかっただけですわよ」

翌日、怪訝そうな声で聞かれた私は、棘《とげ》のある口調で答えた。

半分は嘘で、半分は本当のことである。

あのあと、私はシラーを必死で起こそうとした。けれど、夢の世界に旅立った酔っ払いを呼び戻すのは至難の業。

起こすことを諦め、時間をかけてなんとかシラーの腕の中から脱出した。

で、自分のベッドに潜り込んだわけだが……眠れるわけがなかった。

美少年にプロポーズされて、美形の旦那に抱き締められて、キャパオーバーを起こしていた。

心臓は忙《せわ》しなく動き続け、目はギンギンに冴《さ》えている。

結局そのまま一睡もできず、朝日を拝む羽目になった。

欠伸を噛み殺しながら、朝食を食べる。

昨夜泥酔していたシラーは、ケロッとした様子で黒パンを口に運んでいた。二日酔いしない体質なのかしら。羨ましいような腹立たしいような。

「カトリーヌ様たちはご一緒ではありませんの？」

帰りの馬車は、残夜騎士団のものだった。

「2人は夜明けと同時に出発したよ。屋敷に戻って、今回の合同演習の報告書を作成するそうだ」

そういえば5時頃に、外から馬車の音が聞こえてたな。

「ああ、そうだ。姉上から預かっているものがあるんだ」

そう言ってシラーが荷物の中から取り出したのは、丸みのあるボトルだった。中を覗くと深い琥珀色の液体がちゃぷん、と揺れる。

「これは……ラム酒？」

「よく分からないが、昨日の礼だそうだ」

プリンのことだろうか。ラベルをよく見ると、最高級と謳《うた》われる銘柄だと気付いた。

「こ、こんな高価なもの、受け取れませんわ！」

「受け取ってやってくれ。君が断ったと知ったら、あの人、引きこもるから」

引きこもる？　あのクールな女傑が……？

「皆様、ただいま帰りましたわ！」

「おかあさまっ！　おかえりなさーいっ！」

伯爵家の屋敷に帰ってくると、ネージュが満面の笑みで駆け寄ってきた。小さな体を抱き上げて、ぎゅーっと抱き締める。

「ただいま。ちゃんとお留守番できた？」

「うん。あのね、みんながあそんでくれたのっ」

「偉いわ、ネージュ！」

ララだけではなく、使用人総出でネージュの遊び相手になってくれたらしい。ご飯も私が作り置きしたパンやスープを食べて、ぐっすり眠っていたとのこと。

だけど、やっぱり寂しかったでしょうね。今日は一日、ずーっと2人で遊びましょうね。

「おとうさまもおかえりなさい！」

少し離れたところで私たちを窺《うかが》っていたシラーに、ネージュが元気よく手を振る。

その無邪気さに惹かれるように、シラーがはにかみながら近付いていく。私もネージュを下ろして、後ろに下がった。

しかしネージュは、私の背後にささっと隠れてしまった。

「……どうしたんだい？」

「おとうさま、へんなにおいなの……」

シラーの笑顔が凍り付く。馬車の中では窓を開けていたから分からなかったが、やはり酒の匂いが残っていたようだ。

「当分の間、お酒は控えた方がいいですわよ」

「君に言われなくても分かっている」

私がアドバイスすると、シラーは拗《す》ねたような口調で返した。

夕方になり、私とララは執務室に呼ばれた。「お待ちしておりました」とアルセーヌがお辞儀をする。

「……もう匂いはしないか？」

真剣な顔でシラーが私たちへ尋ねた。ネージュに嫌がられたのが、相当堪えたらしい。

「ええ。大丈夫ですわよ」

「では早速、精霊具についてだが……待て。君、フライパンはどうした？」

「あっ、部屋に置いてきちゃいましたわ！」

「たった1日で、扱いが雑になっていないか？」

「いくら軽いと言っても、邪魔なんですもの……」

私は目を泳がせながら、言い訳をした。するとアルセーヌの顔に不安の色が浮かぶ。

「ですが奥様のお手元になければ、危険でございます。お部屋にはネージュ様がいらっしゃるのでは……」

「それは心配ないと思いますわ」

あのフライパン、普通に放置しておく分には問題がなさそうなのだ。なんとなく、そんな気がする。ただしネージュが触らないように、クローゼットの上、衝撃で落ちないように奥の方に置いてきた。

「……あれに気に入られている君がそう言うんだ。信用しよう。それより、あの精霊具について、陛下に報告書を送らなければならない。君にも発見した時の状況を詳しく記してもらう。……文字は書けるな？」

「私が書きますの⁉」

「当然。君は精霊具の第一発見者だ。場合によっては、登城する可能性もある」

「めんどく……コホン。承知いたしました。心に留めておきますわ」

やだやだ、書きたくないし行きたくないよ～～‼　心の中で駄々を捏ねまくりながら、頭を下げる。その横でララが何か呟いた気がするが、聞き取れなかった。

◆◇◆◇◆

その頃。一人部屋に取り残されたネージュは、目の前に聳え立つクローゼットをじっと見上げていた。大好きな母と侍女は「近付いちゃダメ」と言っていたが、どうしても気になるのだ。

だって誰かが、上からじっとネージュを見下ろしている。

その時、何かが赤く光った。そして音もなく、1枚のフライパンがネージュの元へゆっくりと降りてくる。しかしその途中で緑色の光の膜に弾かれ、ピタリと宙に留まった。

「……おにいさま？　どうしておこってるの？　あのね、とかげさんこわくないよ！」

ネージュは斜め後ろに向かって言うと、くるりとフライパンへ向き直った。

「わたしはネジュともーします。よろしくおねがいします、とかげさん！」

ドレスの裾を摘まんで自己紹介すると、フライパンが頷くように前後に揺れる。

「あのひとはララだよ。とってもやさしいおねえさんなの！　へんなめがねのひとはね……」

その後もネージュの語りは続き、暫くするとフライパンは何事もなかったかのように、クローゼットの上に戻った。

◆◇◆◇◆

さて、カトリーヌからラム酒をいただいたはいいが、あいにく私は飲兵衛《のんべえ》ではない。前世で浴びるようにビールを飲み、翌日死ぬ思いをして以来、一滴も飲んでいないのだ。

とは言え、ボトルをずっと飾っておくのもなんだか気が引ける。シラーも「僕はいらない」の一点張りだし。

ということで、お菓子作りに使うことにした。

カラッカラのレーズンをラム酒に漬けて1週間。ラムレーズンなるものを完成させた。

さらにこれを生地にたっぷり練り込んで、パウンドケーキを焼いてみた。

「なんですか、このお菓子⁉　すんごく美味しいですよ⁉」

「ケーキ、あまくておいしいの。おかわり！」

味見をしたララが衝撃を受けている。ちなみにネージュには、ミックスベリーのパウンドケーキを焼いてあげた。

「これは大変ですよ、奥様！　酒好きにはたまらない一品です！」

ララのテンションが高い。どうどう、と落ち着かせながら私は壁の時計を見た。

……そろそろ来る頃ね。

「これなら、プレアディス公爵様もお喜びになりますよ！」

拳を握り締めながらララが断言する。

本日はカトリーヌが伯爵家を訪問することになっていた。手紙には「あらためてお礼が言いたい」と書いてあったが、とても律儀な人なのだと思う。

初めて会った時の苦手意識は、すっかり消えていた。

そしてプレアディス公爵家の馬車が、屋敷の前に停車した。応接室の窓から、こっそりと覗いてみる。

馬車から降りたカトリーヌは、般若《はんにゃ》のような顔をしていた。

え……？　なんかすごい怒ってる。

私、何かやらかした？

必死に記憶を掘り返してみるが、マジで心当たりがない。狼狽《うろた》えてオロオロしているうちに、カトリーヌが応接室にやって来た。

「アンゼリカ……覚悟はできているな……？」

地を這うような低音で、恐ろしいことを確認された。

覚悟ってなんの？「今からお前をぶちのめすから、覚悟しとけ」ってこと⁉

「まだ覚悟……完了していませんわ」

「そうか。決まったら、私に話せ」

「はい……あの、本日はわざわざお越しいただきありがとうございます」

「ああ」

会話が、続かない。どうしよう。とりあえず素数を数えて落ち着きましょう。

「どうぞ、ごゆっくりお過ごしください」

必死に笑顔を取り繕う。メイドがティーカップに紅茶を注いで「どうぞ」と差し出すが、心なしか、その声は震えている。

「では、いただこう」

カトリーヌがティーカップの取っ手を指で摘まんだ瞬間、室内が明るくなった。カップから火柱が上がったのだ。天井が少し焦げ、中の紅茶は蒸発していた。

「ククク……すまん。あとで修繕費は出す」

ニヤァ……とカトリーヌが口角を吊り上げる。ルビーレッドの目は笑っていない。

う、うわぁぁぁぁぁ〜〜〜〜ッ!?

◆◇◆◇◆

(カトリーヌ視点)

遡《さかのぼ》ること数時間前。

「では、実家に行ってくる。屋敷のことは頼んだぞ」

「はい。お気を付けて、母上」

ペコリと頭を下げる息子。

「時にメテオール」

「はい」

「お前はついて来ないのか？　ずいぶんとアンゼリカに懐いていたようだが」

「これから勉強の時間なので我慢します」

淡々とした口調で答える息子。

「そうか。その調子で勉学に励むように」

嘘嘘！　こんな時ぐらい「僕も行きたいです」ってわがまま言ってくれ!!　そしたら、喜んで一緒に連れてくよ？

これから、また義理の妹に会いに行くんだぞ？　こちとら緊張して、昨日は一睡もしてないんだぞ!?

愛情表現が下手くそ過ぎる弟が、新しい再婚相手を見付けた。しかも貧乏男爵家の次女だという。

金が関係しているな、とすぐに察した。

悪食伯爵という蔑称を付けられた弟の素顔を知る者は少ない。王都付近ならともかく、辺境の地の領主だ。ナイトレイ領を出る機会が少ないせいもある。

巷ではガマガエル呼ばわりされている弟に、好き好んで嫁ぐなど正気ではない。

大方、金に目が眩《くら》んだ両親に売られたのだろう。それについては非難しない。貴族社会はそんなものだ。

だが、報せが届いてもこちらから挨拶には行かなかったし、向こうからの申し出も断った。

だって新しい義妹だ。緊張するに決まっている。

前妻のジョアンナはめっちゃ怖かった。

結婚直後は、ぶりっ子の気はあっても普通の子だと思っていたんだけどな。『あの件』が発覚してから、情緒不安定になってしまった。それからというもの、顔を合わせれば意味もなく睨まれる。つり目の美人だったから、なおさら怖かった。

それが原因で、完全に義妹恐怖症になってしまったのだ。そんなわけでアンゼリカと会うのを避けてきたというのに。

しかし、そういうわけにもいかなくなった。抜き打ちの合同演習を実施しなければならないからだ。

シラーは後妻を同行させるだろう。否が応でも、顔を合わせることになる。

腹を括《くく》れ、ビビリーヌ。

合同演習の通告をするために、実家に帰ってきた。使用人には「書状をお出しになればいいのでは？」と提案されたが、ちらっと後妻を見ておきたかった。

アンゼリカだったか。応接室から抜け出して、屋敷内を捜索する。

ばったり出くわしたら、心臓が止まる。戦場にいるような気分で廊下を歩いていると、ある部屋から子供の笑い声が聞こえてきた。

「あのね、おえかきできたよ！」

室内をこっそり窺うと、姪《めい》がクレヨンを握り締めてはしゃいでいた。

よかった。一時期は塞ぎ込んでいたが、笑顔を取り戻せたようだ。

ほっとしたのも束の間、ネージュの傍らに見知らぬ人物がいることに気付く。

透けるような銀髪に、長い睫毛に縁取られたエメラルドグリーンの瞳。

すごく可愛いのだが？

しかもネージュが「おかあさま」って呼んでるってことは……あの子がアンゼリカ？

男爵家と言っても、あの見た目じゃ引く手数多《あまた》だったろうに。弟よ、お前はどんな手を使ってあの美少女を娶ったのだ。

まずい。あんな可愛い子と目を合わせてお話とか絶対に無理だ。やはり今回の合同演習は見送りに……いや、仕事に私情を挟むのはいかん。

とりあえず、一旦引き返そう。だが激しく狼狽していた私は、真逆の行動を取った。扉を大きく開き、口を開く。

「お前がアンゼリカか？」

アンゼリカとお付きの侍女が怯えた表情でこちらを見ている。終わった……。


さて、そんな最悪な形で出会いを果たしたわけだが、アンゼリカは見た目通り天使のような子だった。軍事演習など行きたくないだろうに、ノリノリだった。

そして、とにかくモテる。上司の新妻に魅了される兵士たちを見て、少し不安になった。今度ハニトラ対策の訓練もしとこ。

軍属の人々にも優しく接し、メテオールの面倒も見てくれた。あんなにいい子だから、神様がご褒美《ほうび》で精霊具を授けたのだと思う。

そして私は思ったわけだ。

うちの弟には勿体なくない？　と。あいつ、ちゃんとアンゼリカを大切にしてるのかな。泣かせたりしてないかな。考えれば考えるほど不安になり、彼女の本心を聞くことにした。

ああ、めっちゃドキドキしてきた。「夫婦の問題に口出しするな」って言われたら泣いてしまう。

そして、現在に至る。

「シラーと添い遂げる覚悟はあるのか？」という意味で聞くと、答えはノーだった。そうだよね。結婚したばかりで、まだ迷いがあるよね。

「ククク……すまん。あとで修繕費は出す」

やっべ。緊張し過ぎて、火柱ぶち上げちゃった。紅茶を淹れてくれたメイドが応接室から逃げ出した。

アンゼリカも逃げ……あれ、座ってる？　しかも、すごいニコニコしてる。

「ふふふ。どうかお気になさらないでください」

で、でも、頬が引き攣《つ》っている。愛想笑いだ、これ！

天井を燃やしたから、すごく怒ってる!!

「アンゼリカ……」

もっと誠意を込めて謝ろうとした時、ララという侍女が焼き菓子を運んできた。おそらく先ほどのメイドと交代したのだろう。

「どうぞ。奥様が焼いたパウンドケーキでございます」

「……ふむ？」

スライスされたケーキ生地に、レーズンが練り込まれている。プティングを食べた時も感動ものだったが、お菓子が作れるなんて、私の義妹すご過ぎだろ。

一口サイズに切り分け、私はケーキを口に運んだ。

口の中にふわりと、上品な酒の香りが広がる。レーズンとはこんなに甘かっただろうか。ケーキ自体もしっとりしていて、素朴な甘みがある。

これは……オイシーヌッ!!

「先日、カトリーヌ様からいただいたラム酒にレーズンを漬けてみましたの」

「なるほど。確かにこの香りは……」

「……カトリーヌ様のお口に合えばよろしいのですけれど」

アンゼリカが身を乗り出して、私に問いかけてきた。

ヤバいヤバい。笑顔だけど目が笑ってない！

美味しいって答えないと、「お前もラム酒に漬けてやろうか」って脅されている……？

「うむ、なかなかだった。次も頼むぞ」

うわぁぁぁぁ～～っ！　次を催促してどうすんだ!!

「分かりましたわ。いつでもお越しくださいませ」

アンゼリカのフォークを持つ手は、怒りからか、小刻みに震えていた。

結局、天井を燃やしてお菓子を食べただけで終わってしまった。アンゼリカも最後まで、笑顔が怖かった。でも義理とは言え、姉妹になるんだし仲良くなりてぇよ……。

そういえば精霊具がどうなったのか気になる。シラーに聞いてみるか。私は帰る前に、執務室へ立ち寄ることにした。

「旦那様は外出しております。明日まで戻られません」

扉をノックしようとすると、側を通りかかったアルセーヌにそう教えられた。

「ずいぶんと遠出だな」

「王都でございます。本日はあちらにお泊まりになると、仰っておいでででした」

「精霊具のことで、何かあったのか？」

私の問いに執事は「いいえ」と首を横に振る。そして、簡潔に外出の理由を語った。

予想だにしなかった内容に、私は眉をひそめる。

「……その話、詳しく聞かせろ」

「かしこまりました」

渋られると予想していたが、アルセーヌは存外あっさりと頷いた。むしろ、この展開を望んでいたようにも見える。

シラーに指示を受けていたのだろうか。面倒ごとに巻き込まれる予感がした。

◆◇◆◇◆

（レイオン視点）

「んだよ、これ」

俺は出されたトレイを見て、唇を尖らせた。

表面が真っ黒に焦げたパンと、見るからに具が大き過ぎて中まで火が通ってなさそうな根菜のスープ。魚のムニエルは身が崩れ、生臭さが漂っている。おまけにデザートはなしときた。

「誰だよ、これ作ったの。連れてこい」

「は、はい」

すぐに数人の兵士が俺の前に連れてこられた。つい先日うちに入団した奴らだな。新人の仕事として、料理番を任せてやったのによ。

「ふざけんな！　こんな飯が食えるわけねぇだろ！」

「ひっ！　も、申し訳ありません！」

「い、今から作り直します！」

情けなくへこへこと頭を下げる新人どもに、俺はトレイを投げ付けた。料理が床に散らばって、皿も割れたが知ったことじゃない。この騎士団長様を怒らせたお前たちが悪い。

「片付けておけよ？」

そう命じて食堂を出る。

このところ、俺の食生活は最悪だ。率直に言えば、兵舎の飯が不味い！

仕方がなく度々屋敷に帰るようにしているが、その飯もなんだか味気なく感じる。

原因は分かってる。アンゼリカがいなくなっちまったからだ。

「そんな怖いお顔をしてどうしましたの、レイオン様？」

部屋に戻ると、遊びに来ていたシャルロッテが何かを読んでいた。俺は可愛い恋人を後ろから抱き締めて、甘い香りのする髪に顔を埋めた。

「なぁ、シャルロッテ。外に出かけないか？　俺、夕食食ってないんだよ」

「え？　今お食事に行かれたのではないの？」

「あんなもの食えたものじゃない！」

パンは固くてぼそぼそしている。スープは極端に味が薄いか濃いか。肉や魚はとにかく臭いし、デザートも食べられない。

もううんざりだ。

「あら、可哀想ですわね。……あ、ついでにこちらのお店に立ち寄りたいですわ！　このネックレスを買ってくださらない？」

シャルロッテが装飾品のイラストが描かれたページを見せ付けてくる。ジュエリーショップのカタログらしい。

「……この間も買わなかったか？」

「あれだけじゃ足りませんわ！」

怒鳴られてしまった。

……こいつって、はっきり言って顔と体だけなんだよな。そりゃドレスやアクセサリーを好きなだけ買っていいって言ったぞ？　だけど限度があるだろ!?

あれだけたくさんあった貯金も、底をつこうとしている。

アンゼリカは楽だった。あの女は何も欲しがらなかったし、作る飯も美味かった。シャルロッテにないものを全て持っている。

だけど、嫁にするなら断然シャルロッテだ。

……そうだ。アンゼリカを雇うことはできないか？　俺に惚れていたあいつのことだ、甘い言葉をかけてやったら簡単に丸め込めるかもしれない。

豚だの蛙だの言われている伯爵の相手ばかりじゃ、キツいだろうからな。

「うふふ。楽しみですわ」

「だな」

つい生返事をしてしまうと、シャルロッテがむっと眉を寄せた。

「レイオン様はいつも食べてばかりですわね」

「だって……宝石は食えないだろ。精霊具だったら話は別だけど」

「せーれいぐってなんですの？」

精霊具も知らないのかよ。これだから男爵家の娘は……。

俺は内心呆れつつ、精霊具のことを教えてやった。だがシャルロッテは、髪を弄《いじ》りながら退屈そうに聞いていた。

「ふーん。すごいお宝ですのね」

「ああ。そして精霊具の核は、どんな宝石よりも美しいと言われてるんだ。暗闇の中でも輝いているんだと」

「そうですの？」

途端、シャルロッテが目を輝かせる。

「ねぇ、レイオン様。私、精霊具が欲しいですわ。きっと私に似合うと思いますの」

こいつ、俺の話を聞いてなかったのか？　国宝だって言ってるだろ！

3章　事件の真実

エクラタン王国で精霊具が発見されたのは、２００年ぶりだという。

シラー曰く、王城では大きな騒ぎになっている。「世間に公表すべきか、意見が真っ二つに割れているらしい」と、呆れたような口調で私に教えてくれた。

残夜騎士団やフライパンの購入先には調査が入り、他にも精霊具がないか捜索が行われたという。

大勢の人が、１枚のフライパンに振り回されている。そしてそれは、私にも言えることだった。

「はぁぁぁ？」

王城から届いた書状を読み、私は思わず調子外れな声を発した。

「どうなさいました？」

「ど、どうしよう、ララ」

助けを求めながら、ララに書状を手渡す。

「失礼します」

そう断ってから、ララが文章を読み上げていく。

「ええと……『稀少な精霊具の発見。そして、その発見時の状況を事細かに纏めた報告書の提出、まことに感謝申し上げる。ついてはその潜在能力の解明にも協力を求める』……能力の解明？」

ララは怪訝な顔で、テーブルの上に置かれたフライパンを一瞥《いちべつ》した。そして私に目を向ける。

「殴った対象を燃やしたり、火を吸い込んだりするって報告書に書いておかなかったんですか？」

「ちゃんと書いたわよ。ほら、手紙を最後まで読んでみて」

私は急《せ》くように、ララを促した。

「なになに……『なお、報告書には精霊具の能力も記載されていたが、他にも隠されている可能性が非常に濃厚である』」

たかがフライパンに何を求めてんだ。

「というより、火を出したり吸ったりするだけでも、十分だと思うのだけれど」

「現存する他の精霊具がすごいですからね」

「ちなみにどういう力を持っているのか、ララは知っているの？」

ゲームの中でもさらりと登場しただけで、具体的な説明はなかったのよね。

「私も噂でしかお聞きしたことがありませんが、王家の剣は天を裂き、地を割り、世界を滅ぼす力を秘めているそうです」

「のっけからクソデカスケールね」

「そしてプレアディス公爵家で保管している盾は、隕石にも耐えうる硬度を持ち、あらゆる魔物を寄せ付けない聖なる波動を放つとか」

そういうとんでもエピソードを聞くと、２００年ぶりに現れた新人だもの。そりゃあいろいろ期待しちゃうのも分かるわ。

だけど、能力を解明するってどうすればいいのだ。妙な無茶振りをして、屋敷を爆破されるのは勘弁してほしい。

すると、ララがとんでもない提案をする。

「そのフライパンで何か焼いてみましょう！」

「精霊具で料理はまずいんじゃないかしら⁉　滅茶苦茶バチが当たりそうよ！」

「でもフライパンなんて、料理に使ってナンボじゃないですか。もしかしたら、ものすごく美味しく作れるかもしれませんよ」

そう言って、ララがフライパンの取っ手に手を伸ばす。ララってば、私以外が触ると火傷をすることを忘れてる……！

「わっ。すごく軽いですね。持ちやすーい！」

「えっ」

「それでは、早速厨房に行きましょう！」

「え、ええ……」

触らせたのか？　私以外の人間に……。


厨房を使わせてほしいとお願いすると、料理長はあっさり了承してくれた。私が嫁いだばかりの頃に比べて、だいぶ打ち解けられたと思う。

「肉も魚もありますので、ご自由にお使いください」

ちょうど夕食の仕込みは終えていたらしく、ありがたい言葉をちょうだいした。

じゃあ、鶏のもも肉でも焼いてみようかな。下ごしらえと味付けをしっかりして、フライパンを手に取った時である。

「お、奥様！　フライパンが！」

料理人の一人がそう叫んだ。

よく見ると、フライパンの裏がゴォォォ……と音を放ちながら、オレンジ色の炎に覆われていた。何か似たようなものを見たことがある。……大気圏突入？

とりあえず火は必要なさそう。点火していないコンロに載せ、油を引いてから肉を中央に置いてみる。

その瞬間、じゅうっと焼ける音がした。

「おお……ちゃんと焼けている」

「すごいぞ……！」

料理人たちが感動している。そんな、肉を焼いたぐらいで大袈裟《おおげさ》な！　フライパンだぞ！

彼らが見守る中、無事に鶏肉のソテーが完成した。

「ララ、味見をしてくれる？」

「はい。では失礼しまして……」

ナイフで切り分けて、ララが肉を頬張る。

「すごく美味しいです！」

「何か不思議な感じはする？　何かこう……急にウォーッと力が湧いてきたりとか」

「皮がパリパリしてて最高です」

普通に美味しいらしい。

よし、次は魚にしよう。牛乳があるので、クリーム煮なんていいかもしれない。

白身魚と芋を焼こうとすると、フライパンが再び大気圏に突入した。便利な機能ね……。

「ふう……完成したわ。ララ、またお願いしてもいい？」

「はい。お任せください」

ララは頷くと、魚の切り身をホワイトクリームにたっぷりと浸して口へ運んだ。

「すごく美味しいです！」

「何か不思議な感じはする？」

「魚の身が全然煮崩れしていなくて最高です」

「先ほども同じようなやり取りをしなかったかしら？」

全く参考にならんわ！

「そ、そんなことを仰いましても、美味しいものは美味しいとしか……」

口の周りにソースを少し付けながら、ララが弁解する。

「試しにそのまま焼いてみてはいかがですか？　奥様の作り方ですと、どう足掻《あが》いても美味しく仕上がってしまいます」

そう提案したのは料理長だった。しかし私は「ダ、ダメよ」とふるふると首を横に振った。

「たとえ実験であっても、食材を雑に扱ってはいけないわ」

前世やレイオン様の世話で苦労をしていた私にとって、食材の無駄遣いは禁忌《きんき》に等しい。万が一不味い仕上がりになったら、悲しくなってしまう。

「……それは料理人として、一理ありますな」

「ですけど、奥様って本当にお料理がお得意ですね。なんでも作れるのでは？」

一人でクリーム煮を平らげてしまったララが尋ねる。

その問いに、私は少し考えてから口を開いた。

「いいえ。一つだけ苦手な料理があるわ」

「本当ですか？　気になります！」

「……卵焼きよ」

「はい？」

ララや料理人たちが口をぽかんと開ける。

「卵焼きって……時々お作りになっていますよね？　外はふんわり、中はトロトロの……」

「あれはオムレツで、私が作りたいのは卵をくるくると巻いたものなの！」

中世ヨーロッパ風の世界だからか意味が伝わらず、歯痒《はがゆ》さを感じる。

昔から卵焼きだけは、どうしても苦手なのよね。卵焼き器を使えばなんとかなるけど、丸いフライパンだと上手く成形できた試しがない。

そんな私の悩みを聞いて、ララが笑顔で言い放つ。

「それでは、そのフライパンで卵焼きに挑戦してみましょうよ！　精霊パワーで作れちゃうかもしれません！」

なんじゃそら。

だけど炭のように焦がさない限りは、形がへんてこな仕上がりになる程度で済むか。

塩と砂糖を混ぜた卵液を、フライパンへ少量流し入れる。早くフライパン返しで形を作らないと……

「ん？」

様子がおかしい。本来なら全体的に行き渡ってしまうはずの卵液が、なぜか長方形に広がっていき、その状態を保っている。

どういうことよ。訝しみながら、くるくると折り畳んで追加の卵液を投入する。なぜか焼けた卵の軌道上しか広がっていかない。

その後も同じ作業を繰り返していき、やがて分厚くてふっくらとした卵焼きが完成した。完成してしまった。

「素晴らしいです、奥様！」

「なんと芸術的な……オムレツとは全く形状が違いますな」

料理人たちが絶賛する中、私は困惑していた。まるで私の望み通りに、卵液が動いていたような……。

と、ララが早速私の卵焼きを味見しながら豪語する。

「きっと、精霊具のおかげですよ！」

まさか卵焼きを上手に作れる能力……ってこと？

私にとってはすごい便利だけど、ガッカリ感が半端ないぞ!!

だけどそれ以外に特別な力があるわけでもなく、マジで他に書くこともなかったので、正直に報告書に書いて提出した。


そして、その数日後。とんでもないお方から直筆の手紙が届いた。

エクラタン国王陛下である。

『新たに発見された精霊具の異能、この目でとくと拝見したい』

便箋《びんせん》には綺麗な文字でそう綴られ、下部には陛下のサインが記されている。

今のところ、精霊具を使えるのは私だけだ。試しにララにも卵焼きを作らせようとしたが、フライパンが発火したり、卵液が固まったりすることはなかった。

それはつまり、私が王様の目の前で卵焼きを作るということになる。

どうしよう。私はフライパンを握り締めて、部屋の中をぐるぐると歩き回っていた。

無理だ、無理無理。ララや料理人たちの前で料理をするのとはわけが違う。

緊張のあまり、丸焦げにしたり卵液をそこらにぶちまけてしまうかもしれない。

「大丈夫ですよ！　奥様の卵焼き、オムレツよりもしっとりしていて美味しかったですもの！」

ララは何か趣旨を勘違いしているような気がする。精霊具の機能を試すのであって、陛下に料理を振る舞うことが目的ではない。

「んとね、おかあさま」

ネージュがもじもじしながら私を呼ぶ。

「ネジュ、いっぱいおーえんするの。だから、がんばって！」

「うん！　頑張る〜〜っ！」

お母様、無限に卵焼きを作っちゃうわ。

健気《けなげ》な娘にデレッデレしていると、アルセーヌが部屋にやって来た。

「旦那様がお呼びでございます」

「ええ。分かりましたわ」

執務室を訪れると、何やらローテーブルには大量の冊子が積み上げられている。

そしてシラーが私を呼び出した理由は、やはり国王陛下の件についてだった。

「君も理解しているとは思うが、陛下直々のご要望だ。仮病を使って断るわけにはいかない。……引き受けてくれるかい？」

「心配なさらなくても、そこのところはしっかり心得ております。卵くらい１００個だろうが

1000個だろうが、焼き上げてみせますわ！」

ネージュの応援を得た今の私は無敵なのだ！

「……やけに気合いが入っているな。まあ、意欲的で助かるよ。それでは、早速好みのものを選んでもらおうか」

シラーが怪訝な顔をしながら、冊子の山へ目を向ける。よく見ると、ドレスや装飾品のカタログだった。

「私、特に欲しいものなんてありませんけど」

「君は着古したドレスで、陛下に謁見《えっけん》するつもりか？」

そう言われれば反論のしようがない。伯爵家に嫁いだ際にドレスやネックレスなどを一通り揃えてもらったが、この3カ月間それらをローテーションで着回していたのだ。

「……分かりましたわ。ではお部屋で選ばせていただきます」

「初めに言っておくが、値段で決めるなよ。デザインで決めろ」

一番安いものにしようと思っていたんだけどな。はいはいと頷いて退室する。大量の冊子は、アルセーヌが運んでくれることになった。

部屋に帰ると、ネージュとララの姿はなかった。庭園へ散歩にでも行ったのだろう。

「ありがとう、アルセーヌ」

「いいえ。お役に立てて何よりでございます」

冊子をテーブルに置いて、アルセーヌが退室しようとする。けれどピタリと足を止めて、こちらを振り向く。

「……奥様。少しお話をしてもよろしいでしょうか？」

「何かしら？」

「マティス騎士団で起きた横領事件のことでございます」

その言葉に、全身が強張るのを感じる。

何を言われるのだろう。身構えていると、アルセーヌは私を見据えながら本題に入った。

「あの事件には、不可解な点が散見されるのです」

不可解な点？　怪訝な表情の私に、アルセーヌはつらつらと語り始めた。

「金庫の中には紙幣や小切手ではなく、金塊が納められておりました。それがあなたの手によって持ち出されたあと、いつどこで換金されたのかが分かっていないのです。これは、犯人の足取りを辿《たど》るのに一番重要な点です。しかし騎士団と警察が合同で作成した調書には、それについて一切触れられておりません」

「……金塊？」

てっきり札束が保管されているものだと思っていた。

「ですが、換金後のあなたの行動は事細かに記載されていました。借金の返済、ドレスや貴金属の購入など……店の従業員の証言も取れています。あたかもあなたの犯行を意図的に強調させるような内容でした」

アルセーヌが片眼鏡のブリッジを上げる。

「それにレイオン団長は、旦那様が提示された『事件の隠蔽』もすんなりと了承しています。このような不祥事を公にしたくないという思惑があるのでしょうが、どうも事件を早く風化させようとしているようにも思えてしまいます」

「そう……ですわね」

「奥様、単刀直入にお伺いします。……あなたは横領などしてないのではありませんか？」

その問いかけに、私は一瞬言葉に詰まった。なんと言っているのかは分かるのに、質問の意味を理解するのが遅れてしまった。

そして、少し逡巡《しゅんじゅん》してから私は重い口を開いた。

「横領なんて……していないわ」

心臓がうるさい。私、どうしてこんなに緊張しているんだろう。アルセーヌは私が無実だと思って質問しているのに。

『嘘つき』

『お前の話など、誰が信じるか』

『どうせ、あんたがやったんでしょ？』

頭の中に、勝手に嫌な言葉ばかりが蘇る。

『いつまでも黙ってないで、とっとと白状しやがれ！』

あ、これは記憶を取り戻したばかりの時に、言われた言葉だ。それに、頬も叩かれたな。たった3カ月前のことなのに、なんだか懐かしい——。

「やはり、そうでしたか」

アルセーヌのどこか嬉しそうな声に、私ははたと我に返った。

「……あなたは私が無実だと思っていたの？」

「失礼ながら、当初はあなたが横領犯だと信じ込んでおりました。貴族とは思えぬ身なりをされていたので、生活苦を理由に、騎士団の資金に手を出されたのかと……」

「謝らないで。普通は誰でもそう思うわよ」

俯《うつむ》きながら懺悔《ざんげ》するアルセーヌに、私は軽く笑って続けた。

「それに……旦那様もそうだったけど、最初から優しくしてくれたじゃない」

「いえ。旦那様は違います」

「そうなの？」

優しくしてくれたわけじゃないの？　面と向かって言われると、結構傷付くぞ！

「……おそらく旦那様は、初めからあなたが無実だとお考えだったのでしょう」

「え？」

「秘密裏に横領事件について調査しておいででした」

「だけど、旦那様はそんなこと一言も仰らなかったわよ……？」

私の疑問に、アルセーヌはさらりと答える。

「万が一騎士団や警察の耳に入れば、証拠を消される可能性もあるからです。この件を把握しているのは旦那様と私、そしてカトリーヌ様だけでございます」

「お待ちになって。あなた、私にこんなことを話して大丈夫でしたの？」

「ですから、この件は決して口外しないでいただけませんか？」

アルセーヌはぱちんと、華麗なウインクを決める。意外と茶目っ気のある人だ。

「分かったわ。教えてくれてありがとう、アルセーヌ」

「とんでもない。こちらこそ、ずっと内密にしていて申し訳ありませんでした」

「……だけど、どうして旦那様は、私のためにそこまでしてくださるの？　義憤《ぎふん》に駆られるような方には思えないわ」

「それについては私も存じ上げません。ですが、ひょっとすると奥様は以前、旦那様と面識があるのではありませんか？」

「旦那様と……？」

腕を組んで記憶を掘り起こしてみるが、何も思い出せない。あんなイケメンと一度会ったら、絶対に忘れられないと思うのだけれど。


シラーに新しいドレスと装飾品を選べと言われたものの、なかなか決まらない。何せ、自分で好きなものを選ぶ機会など、ほぼ皆無だったのだ。

実家では母や姉のおさがりばかりを着ていたし、アクセサリーなど買ってもらったことがない。

「私たちにお任せください、奥様！」

カタログとにらめっこを続ける私を見かねたララが、屋敷中のメイドを召集する。そして私に似合いそうなドレスを探してくれることになった。

「奥様はスタイルがよろしいので、どのようなデザインも似合うと思います」

「淡いブルーやグリーンのドレスにしましょう！」

やけに皆ノリノリだ。目を輝かせながら、カタログを眺めている。当人の私は、蚊帳《かや》の外になっていた。

「どうしてこんなに楽しそうなのかしら……」

「ネージュ様のお召し物をお選びになっている時の奥様は、ニコニコされているじゃないですか。それと同じでございます」

そう言いながらララが、ジュエリーショップの冊子を開く。

「ええと……このネックレスなどはいかがですか？　七色のダイアモンドを使用した一点ものです！」

ララが指差したのは、見るからに豪華そうなネックレスのイラストだった。

「あら、綺麗ね……って、たっけぇですわ!!」

ゼロがいくつも並ぶ価格を見て、私は首と手を横に振った。

「そ、そうでしょうか？　比較的普通のお値段だと思うのですが」

貴族って金銭感覚がバグってるのか？

「そんな高いの、怖くて着けられないわよ。もう少し安めの商品はないの？」

「それでは、こちらのお店はどうでしょうか？」

ララが手に取ったのは、平民から高い人気のショップのカタログだった。シンプルだが上品なデザインが多く、値段も先ほどよりかなりお手頃。

こういうのでいいんだよ、こういうので。シラーには見た目で決めたと言い張っておこう。

「あ……これにしようかしら」

私が選んだのは、真っ赤なルビーと、サンセットサファイアと呼ばれるオレンジ色のサファイアを使用した菱形《ひしがた》のネックレスだった。縦半分で宝石が分かれている凝った意匠《いしょう》だ。

私がネックレスを指差すと、ララは声を弾ませて言った。

「旦那様とネージュ様の瞳の色ですね！　とっても素敵ですよ！」

「ごめん、やっぱ今のなし」

「どうしてですか？」

「ネージュはともかく、旦那様の色はまずいでしょ！　何かこう……愛が重いとか変な勘違いされそうじゃない？」

「思われませんよ！　お2人はご夫婦ですよ？」

私は前世で言われたんだよぉぉぉぉ！

彼氏とお揃いのキーホルダーを買ったら、「キモい」って捨てられたの！

「他にサンセットなんちゃらと組み合わせのタイプはないかしら……」

「奥様、グリーンサファイアとセットのものがございますよ！」

「よし、それにしましょう！」

「あっ。失礼しました。こちらはもう在庫切れになっちゃっていますね」

流石は人気商品。仕方がないから、他の商品を探そうかな。

「だ、大丈夫ですよ。旦那様は、そのようなことを気になさる方ではありません！」

とララにごり押しされたので、結局さっきのネックレスを買うことになってしまった。

もし「キモい」って言われたら、責任取ってよ!?

◆◇◆◇◆

とうとう陛下に謁見する日を迎え、私は早朝から支度《したく》に追われていた。そうは言っても、ドレスの着衣から化粧まで全てララに任せきりだったが。

私の仕事は、その前にプリンを作ることだった。

「お、奥様。ネージュ様のお食事は、私どもで用意いたしますので……」

「ダメ！　これだけ作らせてちょうだい！」

近頃ネージュは、私以外が作った料理も食べられるようになった。だから私が作り置きする必要はないんだけど……それはそれで何か寂しいのよ！　せめて食後のデザートぐらいは、私が作ってあげたい！

そしてその後、薄青のドレスを纏った私は調理時のエプロン、それから絶対に忘れてはならないフライパンを持参して屋敷を出た。

玄関前には既に馬車が待機していて、その傍らにシラーが佇んでいた。この日のために仕立てたのか、黒い礼服に身を包んでいる。銀糸で施された刺繍が、太陽の光を反射してキラキラと輝いていた。

「お待たせしてしまって申し訳ありませんわ」

「気にしなくていい。さあ、お先にどうぞ」

シラーに促されて馬車に乗り込む。

陛下との謁見の場は、ナイトレイ領と隣接する伯爵領。王族が代々使っている離宮があるらしく、王都ではなくこちらに招かれていた。

「本日、離宮では以前から計画されていた夜会が開かれるそうだ。私たちもそれに招待された体《てい》を装って、訪問する段取りになっている」

シラーがそう言って懐《ふところ》から取り出したのは、1枚の招待状だった。私とシラーの名前が連名で記されている。

「陛下とお会いするだけでも緊張しますのに、他の貴族とも顔を合わせることになりますのね……」

事前に説明を受けていたとはいえ、正直しんどい。「心の準備ができていませんわ」と泣き言を漏らすと、「それなら、今からすればいい」と素っ気ない物言いをされた。

……シラーは、どうして見ず知らずの私を助けてくれたのだろう。一応ネージュの義母としては認めているけれど、それ以上の感情は持ち合わせていないようだし。

向かい側に座る夫をぼんやり眺めていると、ふと目が合った。

「僕の顔を見ていても、緊張はほぐれないぞ。外の景色でも見ていろ」

「分かってますわよ」

唇を尖らせて窓へ視線を向けようとすると、シラーが私の胸元をじっと見ていることに気付いた。というより菱形のネックレスを。

ララの嘘つき！　旦那様、めっちゃ気にしてるじゃん！　内心冷や汗を掻いていると、シラーが窓の手すりに右肘を置いて頬肘をついた。

と、袖口の下で、何かがキラリと光る。

「え？　それって……」

思わず声を上げると、シラーは眉を顰めながら腕を下ろした。明らかに詮索されるのを嫌がっているが、どうしても気になって私は尋ねてみる。

「旦那様、そのブレスレット……私のネックレスと同じデザインですわよね？」

「……そうだな」

シラーが渋々といった様子で右の袖を捲る。手首には、菱形の宝石が揺れていた。グリーンサファイアとサンセットサファイア。私が欲しかった組み合わせだ。

「分かっているとは思うが、特に他意はないぞ。たまたま、この色の組み合わせが好きだっただけだ」

勘違いされては困ると、シラーがやや棘のある口調で言う。一瞬胸が高鳴ったけど、深い意味なんてあるわけないものね。でもこれで、悩みが一つ解消されたわ。

「奇遇ですわね、私も赤とオレンジ色が好きなだけですの。ですから、どうかお気になさらないでくださいましね！」

頬を紅潮させながら、私は意気揚々と言った。

ほっと胸を撫で下ろし、窓の向こうに広がる風景を眺め続ける。空がオレンジ色に染まり始めた頃、馬車はようやく目的地に到着した。

陛下の離宮は、伯爵邸と負けず劣らずの豪邸だった。

「精霊具のことは、他の参加者には伏せておくように」

「はい」

私は手提げのバッグを握り締めて頷いた。この中にはエプロンとフライパンが入っている。

「ようこそ、ナイトレイ伯爵様。お待ちしておりました」

エントランスに立っていた使用人に招待状を見せて、離宮の中に入る。

以前にも訪れたことがあるのか、シラーは迷いなく廊下を進んでいく。そしてパーティー会場の扉を開いた。

「ひえっ……」

巨大なシャンデリアが吊された華やかな空間は、大勢の招待客で賑わっていた。豪奢《ごうしゃ》な身なりを見る限り、その多くは高位貴族だ。

初めての夜会に、緊張から足が震え出す。そんな私を見かねて、シラーが声をかけてきた。

「……大丈夫かい？」

「ええ。すみませ……」

その言葉は最後まで続かなかった。

だって、見付けてしまったのだ。

招待客の中に、あの2人の姿を。

「な、なんで……」

レイオンとシャルロッテがいるのよぉぉぉ!?

「ん？　ああ、あの2人か……」

私の視線を目で追ったシラーが、わざとらしく肩を竦める。

「マティス騎士団の団長と、その婚約者だ。パーティーに参加していてもおかしくないさ」

「私、壁際に行ってますわ。見付かったら何を言われるか分かりませんもの……！」

私は、シラーの背中にさっと身を隠した。

無神経な元カレと、私を虐めることが大好きな姉。もう最悪過ぎる組み合わせだ。

「確か婚約者は君の姉だったか。……だが、彼らも場の空気を乱すようなことはしないだろう。コソコソしていると、かえって君の方が悪目立ちするぞ」

「まあ、それはそうですけれど……」

レイオンとシャルロッテの周囲には、人だかりができている。確か来月、婚姻を結ぶのだと新聞に載っていたような。

王族が主催する夜会に招待されるなんて、やっぱり騎士団長って偉いのね。……待てよ。レイオンがいるということは——

「お前たちも来ていたのか」

その声に振り返ると、赤いドレスを纏ったカトリーヌがこちらへ近付いてくる。その姿を見て、私は反射的に背筋を伸ばした。

「お、お久しぶりでございます、カトリーヌ様っ！」

「アンゼリカ……」

カトリーヌがじっと私を見つめてくる。

「カワイーヌ」

「はい？」

「なんでもない。忘れろ」

今、この人「カワイーヌ」って言わなかった？　幻聴かしら……。

「シラー、少しいいだろうか。例の件で話がある」

「分かった。彼女は……」

シラーがちらりと私を見る。

「私のことでしたら、どうぞお構いなく」

「しかし……」

「もしレイオン様たちに見付かっても、旦那様の仰る通り堂々としていますわ」

胸に手を当てて言うと、シラーは渋々といった様子で頷いた。「さっき、あんなことを言わなきゃよかった」という顔だ。

「心配するな。アンゼリカの護衛なら連れてきている」

カトリーヌはそう言って、後方に目を向けた。

ドスン……ドスン……。

地響きを立てながら、ソレが一歩一歩こちらへ向かってくる。

「ウヒヒ……久しぶりだな、アンゼリカ夫人」

あなたはガマガエル……じゃなくて、シラーの叔父様！

ちょい待ち、護衛ってこの人なの⁉

「よし、叔父上がいるなら安心だな」

「アンゼリカ、叔父上の傍から離れるでないぞ」

私が目を白黒させている間に、この場から離れていく姉弟。

傍から離れるなって言われましても……。

口をパクパクさせながら、恐る恐る隣を見る。

「2人が戻ってくるまで、君は私が守るよ。安心したまえ」

叔父様はニタァ……と不気味な笑みを浮かべて言った。

ヘルプミー、ネージュ！　私は心の中で娘に助けを求めた。

会場では燕尾服の男がグラスにワインを注ぎ、ゲストに配っていた。私たちもそれを受け取る。

「フヒッ、乾杯」

「か、かんぱーい……」

叔父様とグラスを目の高さまで上げて、口をつける。

……きっと高級なワインなんだろうけど、私の口にはちょっと合わないな。渋みがキツい。

どうにか笑顔を取り繕っていると、ふいに叔父様が話しかけてきた。

「隣の部屋には、軽食やジュースが用意されているよ。行ってみようか」

「ええ、ぜひ！」

お口直しができるチャンス。ウキウキしながら別室へ向かうと、クロスが敷かれた円卓のテーブルにごちそうが並べられていた。立食形式になっていて、各自料理を小皿に取り分けている。

アップルジュースで喉を潤したあと、せっかくなので私も食事をすることにした。

と、叔父様が私のバッグに視線を落とす。

「ずっと持ち歩くのは大変だろう。私が持ってあげようか？」

「いえ、自分で持てますわ。お気遣い感謝いたします」

私はその申し出をやんわりと断った。心なしか、いつもよりもフライパンが軽く感じるのだ。

「それなら、私が代わりに料理を取り分けるよ。食べたいものを言いなさい」

「では……お言葉に甘えさせていただきますわ」

王族の夜会だけあって、豪勢な料理ばかりだ。その中でも気になったものをチョイスしていく。

「はい、どうぞ」

「ありがとうございます」

私に小皿を手渡すと、叔父様は冷やした紅茶を飲み始めた。

「叔父様は召し上がりませんの？」

「最近は、食べ過ぎないようにしているんだ。蓄えはもう十分だからね」

「蓄え？」

「私のこれは、いざという時に君たちを守るためのものなのだよ」

叔父様はそう言いながら、自分のお腹をポンッと叩いた。

まさかそのビッグボディを肉壁として使う気か？　いくらなんでも自己犠牲が過ぎるわよ。

「ご無沙汰しておりました、プレセペ伯爵。ご壮健で何よりです」

一人の男が叔父様に軽く頭を下げる。

「やあ。君も元気そうだね。先代はご息災かな？」

「おかげさまで、のんびりと隠居生活を送っております。そんなことよりも、そちらのお嬢様は……」

男が値踏みするような視線を私に向ける。

「彼女はナイトレイ伯爵夫人だ」

「そ、そうでしたか。お初にお目にかかります」

男の顔がわずかに強張った。

「くれぐれも、変な気は起こさないように。ナイトレイ伯爵とプレアディス公爵が黙ってはいないよ」

「ははは。そうでしょうな……では私は、そろそろ失礼いたします」

最後に一礼して、そそくさとこの場から離れていく。

「彼は領地経営には長《た》けているんだが、どうも女癖が悪くてね。ああやって釘《くぎ》を刺しておかないと」

「あ……ありがとうございました、叔父様」

「他にも君を見ている者がいるね。だが、私がいるから話しかけられないみたいだ……フヒヒッ」

さっきから思っていたけど、この叔父様……ものすごくいい人なんだが⁉

ガマガエルなのは外見だけで、中身は聖人そのものだ。こうして一緒に過ごしていると、その見た目もなんだか可愛く思えてくる。

ガマガエル呼びはやめよう。ちゃんと名前で呼ぼう。でもプレセペってどこかで聞いたことが……

「おかわりが欲しい時は言ってね」

プレセペ伯爵のありがたいお言葉に頷こうとした時だ。

「申し訳ございません。他のお客様のご迷惑となりますので……」

「私は陛下から直々に招待を受けたんだ！　お前如《ごと》きが指図していいと思っているのか？」

この声は。嫌な予感がしつつ振り向くと、使用人相手に喚《わめ》く元カレの姿があった。

「だいたい、好きなものを好きなだけ食べて何が悪いんだ。これはそういう形式の食事だろう？」

尊大な口調で続けるレイオンの小皿には、山のように料理が盛られていた。

ローストビーフ、チキンソテー、豚肉のトマト煮込み……肉ばっかだな‼

「ですが先ほども申し上げたように、他のお客様のためにもお料理はもう少々綺麗に取り分けていただきたいのです」

「私の取り方が汚いと？　客人に失礼だぞ」

右手に肉の刺さったフォーク、左手に小皿を持ったレイオンが吠《ほ》える。

卓上の大皿を見て、私は「うわっ」と声を漏らした。お肉は既に刈り尽くされたあとで、付け合わせの野菜だけが残されている。それもぐっちゃぐちゃに荒らされていて、クロスの上にも散らばっていた。

レイオンを諫《いさ》めようとして返り討ちに遭った使用人は、「申し訳ございません」と頭を下げていた。相手は王都を守る騎士団のトップ。強くは出られないのだろう。

というより、シャルロッテは？　姉の姿を探していると、叔父様に「そろそろ会場に戻ろうか」と提案された。

「……そうですわね。向こうで旦那様たちをお待ちしましょう」

他人の振りを決め込んで、部屋から出ていこうとする。

「文句があるなら、私を呼んだ陛下にでも……」

レイオンの文句がピタリと止んだのが、背中越しに分かった。それでも様子を確認せず、会場に戻ったところで後ろから腕を掴まれた。

「お前……アンゼリカか⁉」

振り返ると、レイオンが驚いた表情で私の顔を覗き込んでくる。酒臭っ！　と、私は軽く仰《の》け反《ぞ》った。

「やっぱりそうだ……どうしてお前がこんなところにいるんだよ⁉」

レイオンが先ほどの私と同じ疑問をぶつけてきた。

「……あなたと同じように、陛下からご招待いただきました。それより、早くお離しください」

「なんだよ、元恋人に向かってずいぶんと冷たいな……お前、そんな女だったか？」

レイオンが愛想笑いを浮かべて問いかける。よく見ると、左手には小皿を持ったままだった。

「君、会場に料理の持ち込みは禁止だよ」

叔父様が呆れた様子でたしなめる。レイオンも叔父様に気付いて、眉を顰めた。けれど、すぐに口角を吊り上げる。

「ああ……あなたがあの伯爵様か。書面のみでのやり取りだったから、こうしてお会いするのは初めてですね」

「うん？」

「初めまして、私はマティス騎士団の団長を務めるレイオンと申します。そしてアンゼリカとは、かつて恋仲にありました」

恋仲、という部分を強調させてレイオンは自己紹介をした。なんでそこをアピールするのかと疑問に思い、すぐに気付く。

この男、叔父様をシラーだと勘違いしてる！

「ああ……君の噂はよく聞いているよ」

そして叔父様は『伯爵』としか呼ばれていないからか、勘違いに気付いていない。

「ですが、驚きました。まさかアンゼリカがこんなに美しくなっているとは……」

レイオンが舐め回すような目で私を見る。私は無理矢理手を振り払って、叔父様の後ろに隠れた。

「素っ気ないな。お前にいい話があるっていうのに」

「……なんですの？」

叔父様の陰からそっと顔を出すと、レイオンはふふんっと鼻を鳴らして言った。

「お前さ、うちの兵舎に戻らないか？」

「………は？」

「お前だって何か事情があって、あんなことをしたんだろ？　それなのに、ろくに理由も聞かずにお前を追い出して、本当に悪かったよ。だからもう一度お前を雇おうと思うんだ」

「いえいえいえ、寝言は寝てから仰ってくださいませ！」

突っ込みどころが多過ぎて、何から指摘すればいいか分からん！

「公衆の面前で既婚女性に復縁を申し込む男なんて、初めて見たな……」

叔父様も呆れを通り越して、感心している様子だった。するとレイオンが叔父様を睨み付ける。

「噂を聞きましたよ。あなたは、相変わらず邸宅に年若い女性を数多く連れ込んでいるそうじゃありませんか！」

「ん？　うちを訪ねてくるのは、たいてい僕より年上の男性なんだが」

「なっ……そんな性癖を持つ方に、彼女は任せられません！　俺の下に戻ってこい、アンゼリカ！」

両腕を広げて私に呼びかけるレイオンに、じわじわと怒りが込み上げてくる。

「嫌ですわ」

私がはっきりと拒絶すると、レイオンは「え？」と目を丸くした。まさか私が断るとは思っていなかったのか……。

「私は今、とっても幸せですの。またあなたに虐《しいた》げられるだけの日々に戻るつもりはありませんわ」

「おまっ……貴族と結婚したからっていい気になるなよ！　お前は黙って俺の飯でも作ってりゃいいんだ！」

レイオンは完全に冷静さを失っていた。

そして、最悪の一言を口走ろうとする。

「どうせ、お前は嘘つきの横領犯――」

「ほお。私の妻を犯罪者呼ばわりするつもりか？」

背後からの声が、レイオンの言葉を遮る。同時に、誰かが私の肩に手を置いた。

「だ、旦那さ……」

「それに、横領事件の真犯人たちなら逮捕されたよ。先ほど王都から報せが届いた」

シラーの発言で、パーティー会場にどよめきが起こった。

「騎士団の金は、アンゼリカが盗んだんじゃないの……？」

先ほどから姿が見えなかったシャルロッテが、訝しげな顔でこちらへ近付いてくる。隣に見知らぬ若い男を引き連れて。

当然、レイオンが眉を寄せながら問い詰める。

「おい、シャルロッテ！　誰だ、その男!?」

「暇だからお話ししていただけですわ。だってレイオン様ってば、私をほったらかしにしてお料理を召し上がっていましたから」

「だからって俺以外の男とそんなに近くで……」

「そんなことより、今の話はどういうことですの？　こちらの方が仰ったことは本当？」

シャルロッテはそう尋ねながら、シラーに熱視線を送っている。その問いに答えるように、シラーが乾いた笑いを浮かべて言う。

「まあ、本来は内密にお知らせしようと思っていたのだけどね。どこぞの騎士団長が私の妻を侮蔑《ぶべつ》しようとしたんだ。しかもこのような公の場でだ。……黙っているわけにはいかないだろ」

整った美貌から笑みが消え、レイオンに冷ややかな眼差しを向ける。ここまでシラーが怒ったところを見るのは、私も初めてだった。

「つ、妻……は？　誰のことを言ってるんだ？　だってアンゼリカの夫はナイトレイ伯爵じゃ……」

「私がそのナイトレイ伯爵だが。ああ、こちらの御仁は私の叔父だ」

「「は、はぁぁぁぁぁ⁉」」

レイオンとシャルロッテの絶叫が綺麗にハモった。

「そんなの嘘よ、嘘よ！　アンゼリカの旦那様がこんな素敵な方だなんて……聞いてないわ！」

「そうだぞ、アンゼリカ！　お前が可哀想だと思って、俺が手を差し伸べてやろうと思ったのに……」

なんで私は、２人から責められてるんですかねぇ？

けれどレイオンは、すぐに口撃の矛先をミスターフロッグに移した。

「だ、だが、叔父がそんな見てくれなんだ！　伯爵だっていつかそうな……」

「やめんか、馬鹿者‼」

叫び声が場内に響き渡る。会場の出入口には、引き攣った顔の中年男性が立っていた。

「父上？　どうしてここに……父上はパーティーには出席しないと仰っていたじゃないか」

「横領事件の犯人について、お前に確認したいことがあったんだが……まずは謝れ！　早くプ

レセペ伯爵に謝罪するんだっ！」

レイオンの父親、つまりマティス伯爵が血相を変えて息子へと走り寄る。その切羽詰《せっぱ》まった様子に、レイオンはたじろいでいた。

「い、いや、確かに俺も言い過ぎたと思う。悪かったよ。だが、同じ伯爵家にそこまで腰を低くしなくたって……」

「何を言っているんだ！」

「第一、プレセペ伯爵なんて聞いたことないぞ。最近陞爵《しょうしゃく》されたばかりで、ろくに領地も持っていないんじゃないのか？」

「そうだね。マティス伯爵家や甥の家に比べたら、領地なんてほとんど保有していないなぁ。それに体型のことでとやかく言われるのは慣れているから、気にしていないよ。フヒッ」

叔父様がお腹を撫でながら、笑って言う。聖人か？　いや、聖人だわ。

「僕のことはいいから、ご子息に事件のことを聞いたらどうだい？」

「ご、ご厚情感謝いたします。……いいか。横領事件を担当していた警官のうち、３人が逮捕されたんだ。もしかしたら捜査の時も、不審な行動を取っていたのではないかと……」

マティス伯爵の言葉を遮るように、皿の割れる音がした。肉料理が床に散乱する。

レイオンは目を大きく見開いたまま、固まっていた。

「どうした？　顔色が悪いぞ」

「だ、大丈夫だ。それより、警察官が逮捕されたって……」

「ああ。まず持ち出された金塊がどこで換金されたのか、分かったんだ。事件が発覚した1週間後、とある国で行われたらしい」

マティス伯爵がそう言うと、レイオンの頬が引き攣った。

「金塊には、個別のシリアルナンバーが彫られているのはお前も知っているな？　金庫で保管されていたものと、地金商が買い取ったものの番号が一致したんだ。そして、その金塊を持ち込んだ者たちが——」

「マティス伯爵。そこから先は、場所を移してからの方がよろしいかと……」

シラーがやんわりと制止しようとするが、興奮気味のマティス伯爵の耳には届かなかった。

「その逮捕された警官たちだったんだ！　調べられないと高をくくったのか、堂々と本名を名乗っていたらしくてな。顧客リストに載っていたそうだ」

それはたぶん、今ここで言っちゃダメなやつ！

「そ、そうなのか。だけど、どうして今更そんなことが分かったんだ？　だって捜査はもう打ち切りになったはずじゃないか……」

そう問いかけるレイオンの声は震えていた。

と、マティス伯爵がなぜか叔父様を見る。

「プレセペ伯爵がその国に調査を要請し、こちらからも外務官を派遣したのだ」

「はぁ!? たかが伯爵にどうしてそこまでの権限が……」

「まだそんなことを言っているのか!? このお方は、王城で政務を行う王領伯だぞ!」

「おうりょうはく……?」

「つまり、外務大臣だっ!!」

そうだ……思い出した! 前に新聞でちらっと名前を見たことがあったのよ!

「だいじ……大変申し訳ありませんでしたっ!!」

事態の深刻さに気付き、レイオンは慌てて叔父様へ頭を下げた。けれど、横領事件の話はまだ続く。シラーが清々《すがすが》しい笑顔で語り出したのだ。

「ここまで喋《しゃべ》ってしまったんだ。どうせなら、これも明かしてしまおうか。……騎士団と警察が合同で作成した報告書にも、虚偽の内容が含まれていたよ」

「そんなのデタラメだ!」

レイオンが顔を跳ね上げて反論する。

「証言をした者たちが、ある時期を境に金回りがよくなっていたことが私の調査で判明してね。ナイトレイ伯爵家、プレアディス公爵家の両家で王都署の署長に捜査を依頼したんだ。その結果、彼らが嘘の証言をして報酬を得ていたことが分かった」

「そんな話、騎士団は聞いていないぞ⁉」

「当たり前じゃないか。あなた方に気付かれぬよう、極秘で捜査を進めてもらったんだ」

レイオンの顔がどんどん青ざめていく。足も小刻みに震えている。

「だ、旦那様。要するにあの事件は、騎士団と警察による狂言強盗ってことですの？」

シラーが私の問いに頷く。

「そういうことになるな。これから騎士団側からも逮捕者が出るだろうさ」

シラーの視線の先では、レイオンが無言で俯いていた。マティス伯爵が縋るような顔で、息子の両肩を揺さぶる。

「レイオン……お前は事件に関わっていないよな？　信じていいんだよな……？」

「う……」

「う？」

「うわあああああっ‼」

元カレが発狂した。両腕を大きく振り回して、マティス伯爵を強引に引き剥がす。

そして鬼のような形相で私を睨み付け、唾を撒き散らしながら叫び始めた。

「俺は何もやってない、俺は何もやってない！　全部その女が悪いんだぁぁぁっ‼」

レイオンの手のひらに、巨大な火の玉が現れる。まさかそれを私にぶつけるつもり⁉

会場の至るところから悲鳴が上がる中、レイオンが火の玉を私へ投げつけようとする。

だが、その動きがピタリと止まり、火の玉も氷塊に早変わりした。

レイオンの下半身が、地面から生えた氷に覆われている。

「え、あ……？」

恐る恐る自分の体を見下ろすレイオンに、シラーは喉を鳴らして笑った。

「とことん自分勝手な男だな、団長殿」

「ひっ、何をする気だ……⁉」

「だが、これでようやく夢が叶《かな》う。ずっとお前を焼き殺してやりたかったんだ」

シラーがそう言い放った直後、突如噴き上がった火柱がレイオンを包み込んだ。

わあ、めっちゃ燃えてる。……じゃないわ‼

「やり過ぎですわ、旦那様！　今すぐ火を消してください‼」

「言われなくても分かっているよ」

シラーがパチンと指を鳴らすと、火柱は一瞬にして消えた。

そして、その中から無傷のレイオンが姿を見せる。

「僕にも立場というものがある。今回はこの程度で我慢するさ」

レイオンの周囲にだけ火柱を起こしたらしく、床にも天井にも焦げた跡はなかった。どこからか「流石はナイトレイ伯爵だ」という声と小さな拍手が聞こえる。それを皮切りに、至るところから拍手が上がった。

「うぅ……」

氷も消えて、レイオンは生気をなくした顔でその場にへたり込んだ。情けない姿を晒《さら》す息子を、マティス伯爵が呆然と見下ろしている。

「レイオン、お前……」

横領事件に関わっていることを察したからなのか。私に危害を加えようとしたからなのか。それともどちらにもショックを受けているのか、もはや問いただす気力もなくしている様子だった。

と、会場に近衛兵や警官が駆け込んできて、マティス親子を素早く取り囲む。

「マティス伯爵子息レイオン。あなたを魔法取扱法違反により、王都署まで連行いたします」

「え⁉」

私に魔法を使おうとしたことで、しょっぴかれるようだ。

「どうしてレイオンだけなんだ！　ナイトレイ伯爵も息子に魔法を使ったんだぞ！」

マティス伯爵がシラーを指差して抗議する。

「ですが、目撃者によると正当防衛とのことでしたので」

「過剰防衛だ！　一体誰がそんなことを……！」

「おお、ワシのことかのぅ？」

ファー付きの赤いマントを羽織った白髪の老人が、ゆっくりとこちらへ近付いてきた。その周囲には近衛兵たちに混じってカトリーヌの姿がある。

「へ、陛下……っ」

マティス伯爵が上擦った声で呼んだ。

陛下って……国王陛下⁉　いやでも、ゲームだともっと若かったはず……そうか。その前の代が、このおじいちゃんだったんだ！

シラーたちに倣《なら》って私も深々と頭を下げる。

「レイオン団長は明らかに冷静さを失っておった。頭を冷やさせるためにも、必要な処置だったとワシは考える。天井や床を燃やされたら、話は別じゃったがの」

陛下の言葉に、シラーの笑顔がわずかに引き攣った。……あなた、ギリギリで思い留まっただけで、本気でレイオンを殺《や》ろうとしましたわね？

近衛兵に両脇を抱えられたレイオンが、会場から連れ出されていく。マティス伯爵がふらつきながら、それを追いかける。

もう何がなんだか。いろいろなことが起こり過ぎて思考が追いつかない。額を押さえながらため息をついていると、陛下がこちらを向いた。

「そなたがナイトレイ伯爵夫人か？」

「は、はい。ご挨拶が遅れました、アンゼリカと申します。お初にお目にかかれて光栄でございます」

「うむ。……そして、その中に例の物が入っておるんじゃな？」

陛下がバッグを見ながら質問するので、私は「はい」と小さく頷いた。

大勢の貴族がいる前で、精霊具を見せるわけにはいかない。私たちは別室に移動することになった。

「ナイトレイ伯爵様っ！」

出入り口へ向かおうとするシラーの背中に、シャルロッテが抱きつく。

「……君はレイオン団長の婚約者だろう。彼について行かなくていいのかい？」

「私……あの方に騙されましたの！　アンゼリカは騎士団の資金を使い込んだ最低な女だって……！」

「へぇ。それはそれは」

「お願いいたします。どうか私を助けてください……っ」

小動物のように体を震わせながら、シャルロッテが潤んだ目で見上げてくる。

シラーは少し考えてから一言。

「だけど君、団長が自分の妹と交際しているのを承知で、彼と関係を持っていたんだろ？」

「え……」

「申し訳ないが、僕は噂と違って妻以外の女性に興味はないんだ。慰めてほしいなら、他を当たるといい」

シラーはそう言い切って、シャルロッテの手を引き剥がした。そして足早に会場から去っていく。

まさか拒絶されるとは思っていなかったのか、シャルロッテが愕然とした表情で固まっている。

少し迷ってから、私は姉に小さく会釈をして会場を出た。今さらレイオンなんかに未練はないし、明らかに沈みかけている泥舟に近付くつもりもない。

「なんだ。君も、あの2人に恨み言の一つでも言えばよかったのに。そのくらいの権利はあるだろ」

シラーが肩を竦めて言う。

「いいですわよ、今が幸せなのですから」

私が晴れやかな笑みで切り返すと、シラーは「ああそう」と興味がなさそうに相槌を打った。

長い廊下を歩き続けること数分。離宮の厨房に辿り着く。全員中に入ったところで、見張りの近衛兵が出入り口に立った。しかし精霊具が気になるのか、こちらをチラチラと窺っている。

そうだ。私、今から陛下の前で卵焼きを焼くんじゃん！　横領事件のことですっかり忘れてた！

「では、そなたが保有する精霊具を見せてくれんか」

「か、かしこまりました」

陛下に促されて、心臓がドキッと跳ね上がった。

ええい、ままよ。震える手でバッグからフライパンを取り出す。

「……あら？」

いつもよりフライパンがほんのり温かい。ずっとエプロンに包んだ状態で忍ばせていたからかしら。

「本当にフライパンだ。こんな精霊具があるんだね……」

「ああ。私もいまだに信じられない」

叔父様の呟きに、カトリーヌが頷きながら賛同する。すると陛下の背後に控えていた兵が、私に訝しげな視線を向けた。

「それはまことに精霊具なのか？　よもや陛下を謀《たばか》ろうとしているのでは……」

謀るなら、もっとマトモな偽物を用意するわ！

あらぬ疑いをかけられて反論しようとした時、陛下が皺くちゃの手をフライパンへ伸ばしてきた。

「お待ちください、陛下！　このフライパンは迂闊《うかつ》にお触りにならない方が……」

「いや……大丈夫じゃよ」

ほんとだ。普通に触れている。恐る恐るフライパンを手渡すと、陛下は目を細めながら赤い核を撫でた。

「そうか、そうか……やはりお主《ぬし》じゃったか。まさか再びこうして会えるとは思わんかったぞ」

相槌を打つように、フライパンが赤く発光する。

「アンゼリカよ、礼を言おう。そなたのおかげで、盟友と巡り会うことができた」

陛下はフライパンを抱えながら、私にゆっくりと頭を下げた。近衛兵が「陛下!?」と目を丸くしている。

そして私は、国王にお辞儀をされている状況にテンパっていた。

「あ、頭をお上げください、陛下！　私は偶然そちらの精霊具を発見しただけですわ！」

「ふふ、そのように謙遜《けんそん》せずともよい」

そんなことを仰られましても。アワアワしている私を見かねて、叔父様が私たちの会話に加わる。

「陛下。もしやその精霊具に宿る精霊は、60年前の……」

「うむ。ナイトレイ領を襲った魔物の集団凶暴化。当時は、ワシもまだ血の気の多い若造でのぅ。騎士団の被害状況を聞き、居ても立ってもいられず単身で戦地に向かったのじゃ」

集団凶暴化……おそらく、シラーのお祖父様が亡くなった出来事のことだ。

「その際、宝物庫に保管されていた精霊具『紅蓮《ぐれん》の大斧』を持ち出したんじゃが、それに封じ込められていた精霊がこやつじゃった」

陛下はこん、とフライパンを手の甲で軽く叩いた。

「こやつはワシの想いに応えて、数多くの魔物を焼き尽くした……が、最後には壊れてしもうた。その際、『戦うのはやはり疲れる。どうせなら、平和なことに力を使いたい』とぼやきおってのぅ。だからワシはこう言ったんじゃよ。『火なら料理の手伝いなんてどうだろうか』と」

フライパンが光を点滅させる。その様子は、なんだか「そんなこともあったね」と頷いているようだった。

「フライパンの精霊具……まさかとは思ったが、人間長生きするものじゃのぅ……」

昔話を語り終えた陛下の目には、光るものが浮かんでいた。

◆◇◆◇◆

「これが例の卵焼きか……」

　陛下のズッ友の力を借り、見事作り上げた卵焼きを皿に盛り付けると、一同の視線が一点に集まった。

「オムレツやスクランブルエッグと違い、小さくまとまっておるのぅ。まるでミルクレープのような層も美しい」

　陛下はなんの変哲もない卵焼きをそう評価し、ナイフで食べやすい大きさにカットして口へ運んだ。

　静まり返る厨房の中で、私はひたすら祈り続けていた。塩と砂糖の量を間違えたとか、卵の殻を入れちゃったとか、凡ミスをやらかしていませんように……！

「ふむ、ふむふむ。シンプルな味付けだが、卵そのものの味がしっかりと感じられる。これは美味じゃ」

「星一つ半くらいはいただけますか……？」

　緊張が頂点に達して、わけの分からない質問をしてしまった。

「星？　一つ半と言わずに、１００くらい授けてやろう」

「あ、ありがとうございます！」

流石、陛下。太っ腹！

「ほれ、お主たちも食すとよい」

「ではお言葉に甘えまして、私どももちょうだいいたします」

カトリーヌや叔父様、近衛兵たちも卵焼きを実食する。

「……悪くない」と険しい表情のカトリーヌ。

「これは美味しいね。お菓子を食べているようだ」とニコニコ笑う叔父様。

「私はミルクやクリームの風味が苦手なので、卵料理は好まないのですが……これなら美味しくいただけます」と嬉しそうな近衛兵もいる。

こうして卵焼きは、あっという間に皿の上から消えてしまった。

「あら？　旦那様、まだ召し上がっていないんじゃ……」

「僕はいいよ。それに、陛下にご満足いただけてよかった」

「ええ。そうですわね……」

緊張の糸が切れたせいか、足から力が抜けていく。ガクンとその場にへたり込みそうになる私を、シラーが支える。

「大丈夫か？」

「すみません、旦那様」

私の様子を見た陛下が「今宵《こよい》は、こちらでゆっくりしていくとよい。部屋を用意しよう」と声をかけてくれた。

王族の離宮に泊まるの？　まさかの提案にぎょっとしている私に、シラーがすかさず言う。

「馬車に乗っている間に体調を崩されると、いろいろと面倒だ。ここは、陛下のご厚意に甘えよう」

「……分かりましたわ」

力なく頷くと、今までに感じたことのないような浮遊感が襲った。シラーに抱き上げられているのだ。

「だ、旦那様っ⁉　一人で歩けますわよ⁉」

「そんなにふらついた体では、歩くのもやっとだろう。僕が君を運ぶ方が安全かつ効率的だ」

そう言われてしまうと、ぐうの音《ね》も出ない。仕方がないので、大人しく運搬されることにしよう。

ひとまず医務室で待機するようにと陛下に言われ、シラーは私を抱えたまま部屋を出た。しかし、その足がピタリと止まる。

「旦那様？」

赤い瞳が一点を睨み付けている。目で視線を追いかけると、誰かが廊下の向こうへ走り去っていくのが見えた。

壁のキャンドルが、その人物の後ろ姿をぼんやりと照らす。あれは……シャルロッテ？

医務室では、王族お抱えの医者が暇そうに本を読んでいた。が、私がやって来て、心なしか嬉しそうに「どうなさいました？」と尋ねる。

「少し疲れてしまったらしい。本日は泊まらせていただくことになったが、部屋の手配を終えるまでの間、こちらで休ませてくれ」

「かしこまりました。どうぞ、こちらへ」

ソファに座らされ、果物の香りがする水を渡された。

「ふぅ……」

冷たいものを飲んだおかげで、気だるさが少しマシになった。息をついたところで、隣を陣取っている男に視線を向ける。

「……皆様のところに戻ってもいいですわよ」

「陛下のお相手は、姉上と叔父上だけで十分だろ。僕も疲れたから、暫くここで休む」

あとでカトリーヌ様に叱られても知らないぞ。珍しく子供っぽいことを言う夫に肩を竦めてから、私はソファーから立ち上がった。そして、シラーの正面に立つ。

「旦那様。私の無実を証明してくださり、ありがとうございました」

深々と頭を下げて顔を上げると、シラーはそっぽを向きながら口元を手で覆っていた。

「……別に、君のためにやったわけじゃないさ。マティス騎士団の権威を失墜させれば、残夜騎士団の立場が強くなる。それを狙っただけだ」

「それでも、ありがとうございます。私を信じてくださって」

再び感謝の気持ちを述べると、シラーは「分かった。分かったから座っていてくれ」と急《せ》かすように言う。表情はよく分からないが、耳は真っ赤に染まっていた。

本気で照れている様子がなんだか可愛くて、私は少し笑ってしまう。

あれ、シラーに何か聞きたいことがあったのに、忘れちゃったな。まあ、いいか。

◆◇◆◇◆

(その頃のカトリーヌ)

「ふーむ。ナイトレイ伯爵、戻って来ないのぅ。久しぶりにチェスの手合わせを願いたかったのじゃが」

「弟なら医務室に留まっているかと。連れ戻して参りましょうか？」

「それには及ばん。……そうじゃ、プレアディス公爵。お主がワシの相手をしてくれんか？」

「私……ですか？」

「チェスにおいても、不敗の女王と謳われるお主の腕前をとくと拝見したい」

「かしこまりました」

陛下とチェスとか勘弁してホシーヌ!!　弟よ、アンゼリカといちゃついてないでさっさと戻って来い!!

4章　悪魔の雨

ふかふかのベッドで一晩眠ると、疲労はすっかり回復した。ぼやけていた頭もすっきりしている。

朝食は、泊まっていた客室でいただいた。本当は陛下とご一緒する予定だったが、「妻が緊張しますので」とシラーがやんわりと断ってくれたらしい。

早朝の離宮は、しんと静まり返っていた。しかし居心地が悪くなるような重苦しい雰囲気ではなく、むしろ神聖な空気が漂っているように感じる。

朝日の差し込む長い廊下を歩いて外に出ると、既に馬車が待機していた。

さて、精霊具は陛下にお譲りすることになっていたのだが。

「こやつは、そなたが面倒を見てくれんかのぅ」

見送りに来た陛下にお返しされてしまった。

「よ、よろしいのですか!?」

「孫が2人できたらしくての。老い先短いワシより、その者たちに寄り添っていたいそうじゃ。ま、ワシもこやつの立場だったら、そうするわい」

陛下がほっほっほと朗《ほが》らかに笑う。なんちゅう反応に困るギャグを。近衛兵の頬が引き攣っている。

だけど、孫って誰のことだろう？　私のことじゃなさそうだし……もしかして野良精霊と仲良くなったのかしら。

「申し訳ございません、陛下。その精霊具は、王城で保管していただけませんか？」

シラーが待ったをかける。

「その精霊具は妻以外の人間が触れると火傷をさせ、金庫に入れると爆発を起こしました。そのようなものを屋敷に置いておくわけにはいきません」

そうだった！　陛下との思い出話でほっこりしていたけど、とんでもない危険物でしたわ。

「なんじゃ、お主。そんな悪い精霊になってしもうたのか？」

陛下が呆れたような口調で、盟友に問いかける。すると、フライパンの光がものすごいスピードで点滅した。

「ふむ……おお、そうじゃったのぅ。ナイトレイ伯爵よ、この精霊は人見知りなんじゃ」

「はい？」

人見知り？

「アンゼリカ夫人以外には、触れられるのも怖いらしくてのぅ」

「私の侍女は普通に触れていましたわよ？」

「そなたの世話係だと、素直な方の孫に教えてもらったそうじゃ」

素直な方の孫。ということは、素直じゃない方の孫もいるってことかしら。

「そして、金庫の件なんじゃが……こやつ、暗くて狭いところが苦手なようでのぅ」

「それは閉所恐怖症ということでしょうか？」

シラーが訝しそうに尋ねる。

「問答無用で金庫に閉じ込められて、ついカッとなってしまったらしい。バッグに入っていた時は傍に夫人がいたので耐えられたそうじゃが……こやつも反省しておるから、今回だけは大目に見てくれんか？」

「……はい」

こうして精霊具の所有権は、正式にナイトレイ伯爵家のものとなった。と言っても、引き続き私の部屋で保管する形になると思う。

「その代わり、夫人に一つだけ頼みがあるのじゃ。そのフライパンで、また卵焼きを作ってくれんか？」

「は、はい。承《うけたまわ》りましたわ」

これは……次の機会が訪れる前に、腕を磨いておかねば。

陛下にご挨拶をして、馬車に乗り込む。陛下に向かってフライパンを軽く振ると、にこやかに手を振り返してくださった。

馬車が緩やかに走り出す。心地よい振動に揺られてうたた寝しそうになっていると、ぽつ、ぽつと窓に水滴がつき始めた。

「あら、雨ですわね。さっきまであんなに晴れていたのに……」

「……そうだな」

シラーがやけに怖い顔で窓の外を睨み付けている。

「大丈夫ですわよ。このくらいでしたら、馬車が止まることもありませんわ」

「…………」

「旦那様？」

私がいくら話しかけても、シラーはずっと何かを考え込んでいる様子だった。この時、彼はこれから起こる事態を予見していたのかもしれない。

雨脚は次第に激しさを増していき、外からは荒々しい水音が聞こえてくる。私は、無意識に胸元で輝く宝石を握り締めていた。

◆◇◆◇◆

（シャルロッテ視点）

あの忌まわしい夜会から1週間が経つ。

警察へ連行されたはずのレイオン《バカ》は、現在自室に閉じ込められている。

「どうして俺を閉じ込めておくんだ！　出せ！　息子にこんなことをしてもいいのか⁉」

部屋の前を通りかかると、怒号が聞こえてきた。見張りの使用人が眉を顰めている。

あんたの両親がお金を払ったおかげで、屋敷に戻れたっていうのに……そんなことも理解できないのかしら。

レイオンは、横領事件に関与していることを認めた。というより、首謀者だった。

あのバカは自由に使えるお金を手に入れるために、警察の一部と手を組んで事件を起こしたらしい。

マティス騎士団始まって以来の不祥事ということで、この事件は連日新聞に取り上げられている。

で、私のことまで悪く書かれている。『奪った金で豪遊三昧』？　『汚れた金で着飾った婚約者』？

あのバカ……どうしてもっと上手くやらなかったのよ‼

実のところ、私もレイオンにきな臭さを感じてはいた。

いくら騎士団長でも、ドレスやアクセサリーを大量に買うお金をぽんと出せるわけがないもの。

だけど、流石に横領事件の犯人だとは思わなかった。

「だけど、もっとあり得ないのは……！」

アンゼリカ。私より何もかもが劣っているはずの妹。

なのに旦那があんなに美形で、しかも国王とも親しそうだった。

地位も見た目も完璧な旦那を持ち、国王からも一目置かれる存在になるのは、この私のはずなのにっ!!

「……ん？」

廊下の向こうで、誰かがこっちをじっと見ている。

あれは……ああ、レイオンの弟ね。私が近付いていくと、ビクッと体を震わせた。その反応にイラつく。

「何よ。何か文句があるわけ？」

「あ、あの……にいさんが、ごめんなさい……」

「ほんっとうにね！　あいつのせいで、私の人生滅茶苦茶だわっ！」

側に飾っていた花瓶を投げ付けると、弟は「ひっ」とどこかへ走り去っていった。謝って済む問題じゃないのよ!!

「はぁ……」

ため息をつきながら窓の外へ視線を向けると、暗い空から雨が降っていた。

降り続くことかれこれ1週間、いまだに止《や》む気配がない。どこかの川が氾濫《はんらん》したって使用人が話しているのを聞いたけど、そんなのどうでもいいわ。

こんな国、ぐちゃぐちゃになってしまえばいいのよ。そうすれば、何もかも水に流すことができるんだから……。

◆◇◆◇◆

「すまないが、暫く屋敷を空けることになる。アルセーヌ、あとのことは……」

「はい。私にお任せください」

険しい表情のシラーに、アルセーヌがにこやかに会釈する。

国内全域に謎の雨が降り始めてから、もう10日が経とうとしていた。雨の勢いが弱まり出して「そろそろ止むかな?」と思いきや、再び強さを取り戻す。それを延々と繰り返している。

しかし、これだけ雨が続いているのだが、意外にも作物には大きな被害が出ていない。

エクラタン王国は、精霊の加護を授かっている。こんな悪天の中でも植物がピンピンしているのは、木の精霊が守ってくれているおかげだという。

だが、水害に関してはどうにもならない。水の精霊は干ばつの時には頼りになるが、大雨にはてんで役に立たないらしい。というのも、自分たちの領域が増えるということで、彼らにとっては大歓迎なのだとか。

その辺りは、人間たちで対処するしかないのだ。

ナイトレイ領でも氾濫寸前の川があるらしく、いくつかの地域では避難勧告が発令されている。

残夜騎士団も各地に派遣され、被害状況の確認や避難所の開設に当たっている。シラーも現場の指揮を取るため、兵舎に出向くという。

「旦那様、どうかお気を付けて」

「……君も何かあったら、すぐにネージュを連れて避難するように」

「ええ。分かっていますわ」

シラーの言葉に、私は神妙な面持ちで頷いた。

幸いなことに伯爵邸は、川辺から離れた場所に立地されている。それに加えて地盤も硬いとのことなので、なんらかの災害に見舞われることはない……と思いたい。

だけど、いざという時のために、避難グッズは用意しておこう。携帯食、マッチ、蝋燭《ろうそく》、防寒具……。

「奥様、物置を漁ってみたらたくさんありましたよ！」

ララが調達してきたのは、小型の笛。元は騎士団の備品であるのだが、その一部をうちで保管しているらしい。

「それ、なぁに？」

ネージュは初めて見る笛に興味津々《しんしん》だった。

「これは笛って言うのよ。こうして息をふーっと吐くと、音が出るの」

「うん！」

説明しながら笛を渡してみると、ネージュは早速勢いよく息を吹き込んだ。

ビィイイイッッ!!

「わっ。ほんとだーっ！　すごいの！」

「そ、そうね……でも音が大きいから、普段は吹いちゃダメよ」

防犯ブザー並みの声量でビビったわ！　だけど、小さい子供でもこれだけの音が出せるのはありがたい。

「ですが、よく笛を用意するなんて思い付きましたね」

そう感心しながら、ララはリュックサックに荷物を詰め込んでいく。

「昔観た映画のラストシーンで、ヒロインがこれを使って救助を呼んでいたの」

「エーガ？」

「あ、ええっと……エーガって舞台を観たことがあったのよ」

あっぷねぇ。ちなみに映画とは、豪華客船が氷塊に激突して大破するアレです。

冷たい海に投げ出されたヒロインはホイッスルで自分の居場所を知らせ、救助された。あのシーンで、私は笛の利便性に気付いたのだ。

「ふう……少し休憩しましょうか」

「それでは、紅茶とお菓子をご用意しますね」

ララがパタパタと厨房へ向かう。その間、他には避難グッズで何が必要なのか、脳内でリストアップしていた。

救急セットは必須。だが、何よりも欲しいのは、

「水……」

私は、空になっていたガラスの水差しを力強く抱き締めた。

エクラタン王国は、他国に比べると文明レベルが高い。その証左の一つが紙。

この国の紙は、木材ではなく多年草の花びらから精製されている。そのため、平民でも容易に入手できる。

しかし、流石に現代で流通している物までは存在しない。例えばペットボトル。

あれがあれば、どこにでも水を持ち歩けるんだけどな。水筒だと、重さがあるので持ち運ぶには少々不便だし。

「おみずほしいの？　ララにおねがいする？」

「ううん。大丈夫よ、ネージュ……」

こんな小さな子が、「おみずほしいの……」と言う姿を想像して、胸が痛んだ。何かいい方法はないだろうか。

「…………ん？」

今、一瞬水差しが青く光ったような。疲れてもいないのに、幻覚か？

「にんぎょさんっ」

「え？」

「にんぎょさん、かわいいの！」

ネージュが私を指差して、楽しそうにはしゃいでいる。

水差しを持っている私が、人魚に見えてるのかしら。人魚姫の絵本で、こういうイラストの表紙があったし。可愛いだなんて、照れてしまうぜ……！

頬を赤らめていると、ドンドンと部屋の扉が慌ただしくノックされた。

「ララ？　どうし……」

「このままお話を聞いてください」

扉を開けようとすると、なぜかララに制止された。

「大変です、奥様。使用人が次々と体調を崩しています！」

「ど、どういうこと⁉」

「半数以上が高熱を出して、ぐったりしているのです」

「熱を出して……？」

何かの感染症？　そこで、ララが扉を開けさせなかった理由に気付いた。急いでリュックサックからマスクを取り出し、ネージュに着けさせる。

私がよく知るような布製ではなく、ガスマスクのように口元が筒状になっている。こんなので防げるのか疑問だが、何もしないよりはマシだろう。

「んむむ」

「ごめんね、ネージュ。ちょっと苦しいかもしれないけど、着けててちょうだい」

「ん……がまんするっ！」

私もマスクを装着してから、扉を少しだけ開けた。

「ララも早く」

ララは無言で頷いて、マスクを受け取って口元を覆い隠した。

「ありがとうございます、奥様。ですが、どうして突然……」

「さあ……そうだわ、一応換気もしておきましょう」

ネージュを毛布で包んでから、窓を開けようとした時だった。

「奥様、窓を開けてはなりませんっ」

アルセーヌが慌ただしく部屋に飛び込んできた。

「おそらく使用人たちを襲ったのは、『悪魔の雨』でございます！」

なんじゃそりゃ。唐突に中二病ワードをお出しされて困惑していると、アルセーヌが自分の指を見せ付けてきた。今度は何⁉

「爪をお見せください。ネージュ様とララもお願いします」

「ど、どうぞ」

言われるがまま、アルセーヌに手を差し出す。３人とも、健康的なピンク色をしている。ちなみに、アルセーヌも普通の爪だった。

「よかった。奥様たちはご無事のようですね」

アルセーヌが安堵のため息をつく。そこでララが何かを思い出したように、「あ」と声を漏らした。

「そういえば、倒れた人たちは爪が真っ黒になっていました」

「『雨爪病《うそうびょう》』の症状の一つです。発病した者は、爪が黒く変色するのです」

ちょいとお待ち。私たちにも分かるように、一から説明なさいな。

「そもそも、悪魔の雨ってなんなの？」

「このエクラタン王国にだけ降るとされる、疫病をもたらす雨のことです」

「そんな激ヤバな雨なんて、聞いたことないわよ!?」

「奥様がご存じないのも無理はありません。『悪魔の雨』が降る頻度は数十年に一度です。最後に降ったのも、今から50年前でした」

「全っ然嬉しくないレアイベントね……」

「そして悪魔の雨を浴びた者は、雨爪病と呼ばれる病に罹患《りかん》します。この雨爪病というのは、胃腸炎にとてもよく似ていて高熱、嘔吐《おうと》、下痢《げり》などの症状に苦しめられ――」

「………」

「だいたい3日ほどで完治いたします」

あ、普通に治るんですね。

「ですが、それは適切な処置を行った場合です。十分な栄養と休息を摂らなければ、症状も悪化しますし、最悪死に至ります」

「……旦那様は⁉」

指揮を執るってことは、この雨の中を出歩くかもしれないんじゃないの⁉

「いえ……おそらく旦那様はご無事です」

アルセーヌは、ネージュへ視線を向けながら言った。

「どういうわけか、高位貴族など生まれつき魔法を扱える者は、雨爪病に罹《かか》りません。ネージュ様が罹患していないということは、旦那様も大丈夫でしょう」

「よ、よかっ……」

「よかった」と言いかけて、はたと気付く。

もしかして今、この国で雨爪病が蔓延《まんえん》しているんじゃ……。

「……だけど、奥様や私は魔法なんて使えませんよ？　どうしてなんともないんでしょうか」

と、ララが不思議そうに首を傾げる。するとアルセーヌは、訝しげに眉を寄せた。

「私もそこが分かりません。確かに雨爪病も全ての者に重い症状が現れるわけではなく、若い者や体力のある者は軽症で済みます。ですが、全くの無症状というのは……」

それはそれで何か怖いな。３人で考え込んでいると、背後からちょいちょいと脇腹をつつかれた。

振り返ると、フライパンの精霊具がふわふわと浮いている。何かを訴えるように、赤い光を点滅させていた。

「とかげさん！」

ネージュがフライパンに向かって叫ぶ。

「とかげさんが、わたしのおかげって」

精霊の言葉が聞こえるの？　というより、私のおかげってもしかして……。

「……あなたが私たちを守ってくださっていたの？」

私がそう問いかけると、フライパンは一際《ひときわ》強く光を放った。うっそだろ、そんな機能まで付いてんの？

「なるほど。なぜ私たちまで精霊の加護を授かったのかは分かりませんが、感謝いたします」

アルセーヌはフライパンに深々と腰を折ると、ララの方を向いた。

「ララ、現在この屋敷でまともに動けるのは、おそらく私たちだけです。他の者が快復するまで、2人で頑張りましょう」

「は……はい！」

ララが顔を強張らせながら、返事をする。

「……というわけでございます。奥様にもいろいろとご迷惑をおかけしてしまうと思いますが……」

「ちょっと待って！　もう一人、動けるのがいるわよ！」

私は自分を指差しながら宣言した。

「私も働くわ!!」

アルセーヌは、「この屋敷でまともに動けるのは私たちだけ」とララに言っていたが、その少し大袈裟な言葉は正しかった。

寝込んでいない使用人たちの爪は、個人差があるものの、一様に黒く変色していた。微熱があるのに、自分まで倒れるわけにはいかないと、痩せ我慢していたメイドもいたくらいだ。

「あとのことは私たちに任せて、ゆっくり休んでください」

「はい……それでは、お言葉に甘えて失礼します」

アルセーヌに優しく諭されて、メイドは自室へ戻っていった。

雨爪病には特効薬がないので、対処療法しかない。栄養のある食事が不可欠だ。

「ちょうどミルクもありますし、パン粥でも作りますか？」

「いえ。ミルクじゃなくて、野菜スープで作りましょう」

私はそう提案しながら、ララに人参を手渡した。

「ミルクは栄養があるけど、胃腸が悪い時は摂らない方がいいらしいのよ」

症状を聞く限り、風邪《かぜ》というより胃腸炎に近いかもしれない。

そういう時は、繊維質の多い野菜は避けろと聞いたことがある。人参や大根がいいんだっけ。

軽症の人には、鶏のささみを加えてあげてもいいかも。

「奥様……やけに詳しいですね」

レシピをぶつぶつと呟いていると、ララが目を瞬いていた。

前世では、上京したての頃、ストレスでよく胃をぶっ壊していたからね。セルフケアをしていたのだ。

野菜スープの中にパンを入れて煮込んでいると、ネージュがとことこと厨房にやって来た。

お腹が空いているのかな？　と思いきや、

「ネジュも、はたらくわ！」

あらっ、私の物真似をしている。得意気な顔で自分を指差すネージュに、「ネージュ様は、遊んでいていいのですよ」とララが慌てて言う。

すると、ネージュは悲しそうに首を横に振った。

「おかあさまも、ララもいなくて、つまんないの……」

ああーっ、寂しい思いをさせちゃってごめんね……！

私が抱き上げて頭を撫でてあげると、ぐりぐりとほっぺを押し付けてきた。

「それじゃあ、ネージュもお手伝いしてくれる？」

「するーっ！」

元気なお返事だ。ネージュには、大役をお任せすることにした。

「ネージュはこれを持っててね」

「このふくろ、なぁに？」

小さな紙袋を手渡すと、ネージュがコテンと首を傾げる。

「その中にはお薬が入っているの。皆に一つずつ渡してね」

「うん！　がんばるの！」

ネージュは、憂鬱《ゆううつ》な空気なんて吹き飛ばすような明るい笑顔で頷いた。

完成したパン粥と水をワゴンに載せて、使用人たちの部屋を回るのはララの仕事だ。その隣にはネージュがぴったりとついている。

「奥様は暫くお休みください」

「えっ、私も行こうと思ってたのに！」

「あとは、ネジュたちにまかせるの」

ネージュがむふんっと、誇らしげに言う。可愛い娘の勇姿が見たかったのにー！

まあいいわ。私は厨房で一人寂しく、夕飯のメニューでも考えよう。

うんうんと頭を悩ませているうちに、ララたちが帰ってきた。ネージュは「みんなよろこんでたの！」とやり切った顔をしているが、ララが何やら険しい表情で私に目配せしてくる。

「症状が重い方もいらっしゃって、パン粥も無理みたいです」

ネージュに聞こえないよう、小声で耳打ちをした。

「だったら、林檎のすりおろしはどうかしら？」

「それが食べ物自体を受け付けないらしいです。ずっと嘔吐と下痢が続いていて、水を飲んでもすぐに戻してしまうそうで」

脱水症状を起こしているのか。診療所に連れて行ってあげたいけど、御者もダウンしているし、街も雨爪病で大騒ぎになっているだろうし。

この世界にもスポドリとかがあればな……。

「……なければ作ればいいじゃない！」

塩と砂糖を水に加えて手早く掻き混ぜて、一口味見してみる。……マズいっ!!

もっと塩と砂糖の量を調整しよう。それから、風味付けでレモンの絞り汁も少し加えて完成！

よし、今度は美味しい。

「ネージュとララもどうぞ」

「はーいっ」

「ありがとうございます！」

２人にも味見をしてもらう。

「おいしー！」

「えっ⁉　なんですか、このしょっぱいけど、甘くて……いくらでも飲めてしまいます！」

好評なようでよかった。だけど、健康な時はあまり飲み過ぎないでね。

「こちらは、なんという飲み物なのですか？」

「スポドリもどき……じゃなくて、なんだったかしら」

確か『けいこうなんとか』って正式名称があったような。水分と一緒に、塩分や糖分も気軽に摂取できる優れものなのだ。

「ララ、私のお部屋から水差しを持ってきてくれる？　あれなら一度にたくさん作れそうだから」

「かしこまりました」

その間、ネージュに林檎を剥いてあげていると、ララが水差しを抱えて戻ってきた。

「お待たせしました、奥様！」

「……？」

あの水差し、蓋《ふた》の部分に飾りなんてついていてたかしら。青い宝石のようなものが埋め込まれていて、とってもお洒落だけど。

よし、こんなものね。水差しいっぱいにスポドリもどきを作り、症状の重い使用人の部屋を回っていく。

「ア、アンゼリカ奥様!?　何をなさっているのですか？」

「体にいい飲み物を作ったわよ。さあ、どうぞ」

突然私が部屋にやって来て困惑するメイドのグラスに、スポドリもどきを注ぐ。

「一気に飲まないで、少しずつね」

「は、はい。……まあ。不思議なお味ですね。でも飲みやすい……」

目をぱちくりさせながら、メイドはちびちびと飲み進めていた。まだ吐き気はあるが、熱はそんなに高くないらしい。脱水症状にさえ気を付ければ、大丈夫だと思う。

「またあとで来るからね」

「はい。……ありがとうございます、奥様」

他の皆も初めての味に戸惑いつつ、ちゃんと飲んでくれた。これで体調が少しでもよくなればいいのだけれど。

私もちょっと休憩しようかな。厨房に戻ると、何やら甘い匂いが漂っている。

「アルセヌおじちゃんが、『ぱんけぇき』やいてくれたの！」

「あら。ありがとう、アルセーヌ！」

白い皿の上には、狐色に焼き上がったパンケーキが鎮座していた。いつも料理人が焼いてくれるものよりも少し分厚くて、私のよく知るホットケーキに見た目が似ているかも。

上にバターと蜂蜜をたっぷりかけて、ぱくっと頬張る。

「うーん！　とっても美味しいわ！」

「そう仰っていただけて恐縮でございます」

アルセーヌが少し照れた様子で頭を下げる。はぁぁ～、疲れた体に甘いものが染み渡るわ。

「奥様がお食事を作ってくださって、大変助かりました。皆、喜んでおりましたよ」

「そんな、お礼を言われることじゃないわよ」

「ところでララから聞きしましたが、塩と砂糖を混ぜたお飲み物をお作りになったそうで」

「ええ。脱水症状の時に飲むと、効果があるらしいの。今さっき、あれで配ってきたんだけど

……」

私は水差しを指差そうとして、動きを止めた。

おかしい。結構な人数にスポドリもどきを分け与えてきたはずなのに、中身が全然減っていない。

ララが継ぎ足してくれた？　と思ったけれど、塩と砂糖の詳しい分量は教えていないのよね。私が覚えていないだけで、追加分を作ったのかしら。

「……、アルセーヌも味見してみる？」

「よろしいのですか？」

「いいわよ。こんなにたくさんあるんだし」

そう言いながらグラスにスポドリもどきを注いでいく。ありゃ、ちょっと入れ過ぎちゃったかな……。

「んなっ⁉」

その時、アルセーヌが突然奇声を上げた。片眼鏡をカチャカチャ上下に動かしながら、水差しを凝視している。

「ど、どうしたの？」

「今、水差しの中身が……増えたようで……」

はい⁉　慌てて確認してみると、確かにグラスに注ぐ前と量が変わっていない……？

するとララが他の水差しを持ってきて、その中へスポドリもどきを移し始めた。流石、行動が早い。

ところが。

「へ、減らない……？」

ララが用意した水差しは満タンになろうとしているのに、こちらの水差しは全く量が変わらない。重さもずっと一定を保っている。

そしてよく観察してみると、蓋に埋め込まれている青い宝石が、ぼんやりと光っていた。

ま、ま、まさかこれは……！

「間違いありません、奥様。この水差しは……精霊具ばいっっ!!」

「ばい!?」

アルセーヌの唐突な方言に驚かされ、私はうっかり水差しを手放してしまった。

「しまっ……」

割れる！　と思った瞬間、ネージュが「にんぎょさんっ」と弾んだ声で言ったのが聞こえた。

水差しが青い光に包まれ、ふわりと浮き上がる。そして何事もなかったかのように、私の腕の中に戻ってきた。

「ウワァァァァァ!!」

厨房に私たちの悲鳴が響き渡った。

◆◇◆◇◆

(アルセーヌ視点)

……はっ！　驚愕《きょうがく》のあまり、つい素の口調が出てしまった。これはいけません。

しかし、大変なことが起こってしまいました。まさか、このような形で精霊具を見付けるとは。

「どうしよう、アルセーヌ。鑑定団に応募した方がいいのかしら!?」

「落ち着いてください、奥様！」

パニックを起こしているのか、奥様がよく分からないことをお尋ねになる。鑑定士に見せるのは分かりますが、応募とはどういうことですか。

「これはすごいことですよ！　このお水がいつでも飲めるようになります！」

ララが目を輝かせて言う。ああ、彼女ほど物事を軽く考えることができたら、どれだけ楽でしょう。

エクラタン王国で数点ほどしか発見されていない精霊具。精霊の祝福を授かった奇跡の秘宝が、この短期間のうちに2個も発見されたのです。

しかも、どちらもナイトレイ領で。

このことが周知されれば、国内外に激震が走るのは間違いない。

「おみず、いっぱいのめるねー」

「そ、そうね。だけど、どうせだったら普通の水にしてほしかったわ……」

奥様が微妙そうな反応をなさっていると、水差しが再び青く光りました。

そして勝手に蓋が開き、中から噴き上がった水が奥様のお顔に命中します。

「ぶっは！　……あ、しょっぱくない！　ただの水に変わってるー!?」

な、なんと水質まで変化させることができるとは！

「すごい、すごいわ！　これでペットボトルいらずよ！」

奥様の仰る『ペットボトル』がなんのことかは存じませんが、これはとんでもない発見です。

無限に水が生み出せる。王家や公爵家で保管されている精霊具に比べると、一見地味な能力かもしれません。

しかし実際は、それらよりも遥かに汎用性が高い。

「奥様もすごいです！　2つ目の精霊具を見付けてしまうなんて奇跡ですよ！」

ハンカチで奥様のお顔を拭《ふ》きながら、ララが興奮気味に豪語します。ええ、この状況そのものが奇跡のようなもの。

にわかには信じがたいですが、現実に起こったことなのです。

「私じゃなくて、この水差しを買った誰かだと思うんだけど……」

ララの迫力に気圧《けお》され、奥様が訝しげに仰います。

ですが、この時私は、ある可能性を考えておりました。

それは——

「私たちにも何かお手伝いできることはございませんか？」

そう言いながら厨房にやって来たのは、寝込んでいたはずの使用人たちでした。顔を真っ赤にして、苦しそうに臥《ふ》せっていたというのに。

「あ、あなたたち、大丈夫なの？」

「はい！　先ほど奥様からいただいたお水を飲んだら、みるみるうちに体調がよくなったのです」

恐る恐る尋ねる奥様に、メイドがはきはきとした口調で答える。

ですが奥様曰く、あのお飲み物はあくまで脱水症状を改善させるもの。熱を下げる効果までは……。

「あれ？　皆さん、爪が元に戻ってますよ！」

彼らの爪を見たララが、目を丸くして叫びました。

そ、そんなバカな！　雨爪病がたった1日で完治した!?

思わず奥様へ視線を向けると、「私、そんなの知らないわよ!?」と言いたげに、首を横に振られました。

もしや、これも精霊具の力!?

情報量が多過ぎて、おいはもう限界ばい……!!

◆◇◆◇◆

「あ、ばしゃさんがきたの！」

ネージュと2人で、廊下の窓から外を眺めていると、屋敷の前に1台の馬車が停まった。そこからシラーが降りてくる。その様子を見て、私たちも玄関に急ぐ。

精霊具を発見したあと、アルセーヌはすぐに兵舎へ手紙を送った。……で、その翌朝にこうして戻ってくるって早過ぎじゃない？

「おかえりなさいませ、旦那様」

外はまだ小雨が降っていて、シラーの髪やコートがしっとり濡れている。ふかふかのタオルを差し出そうとすると、ガシッと両手を掴まれた。そして真剣な表情で爪を凝視される。

雨爪病を心配しているのだろう。その次はネージュの爪を見る。

どちらの爪も変色していないことを確認すると、安心したようにため息をついた。

「私たちなら大丈夫ですわよ。手紙にもそう書いてありましたわよね？」

「だが、万が一ということもあるだろう」

口を尖らせて反論するシラーの目の下は、真っ黒なクマが浮かんでいた。ろくに休息も摂れていないのだろう。

なんとなく想像はできるけれど、一応聞いてみる。

「あちらの方はどうなっていますの？」

「控えめに言って地獄だね。いや、参った参った」

シラーは乾いた笑みを浮かべて答えた。目が死んでる……。

「で、屋敷の状況は？」

「それなら通常業務に戻ってますわよ」

「は？　ほとんどの使用人が罹患したんじゃないのか？」

「罹患しましたけど……今はもう全員ピンピンしてますわ」

ほら、と私は窓の外を指差す。庭園ではレインコートを着た庭師たちが仕事をしていた。

眉を寄せながら、シラーがその様子を見ている。

「……アルセーヌの手紙には、使用人の大半が雨爪病に罹り、屋敷全体が機能不全に陥っている。至急、屋敷に戻ってきて指示を仰ぎたいとあったぞ」

「なんですって？」

一番肝心なところが抜けている。……けど、書き忘れたってわけじゃないわよね？

「おかあさまがみんなのびょーき、なおしたの！　すごいのよー！」

「ち、違うのよ、ネージュ。あれは精霊具のおかげよ」

「精霊具？　あのフライパン、そんな力も秘めていたのか」

「それも違いますわ。使用人の方々を治したのは、水差しの方です」

私がそう告げると、シラーはタオルで自分の髪を拭きながら、「ん？」と首を捻った。確かに今の私の説明は不親切だったわ。コホンと咳払いをしてから、事実を告げる。

「実はもう一つ精霊具が見付かりましたの。この屋敷で使っていた水差しですわ」

「え」

鳩《はと》が豆鉄砲を食らったような顔で、シラーがタオルを落としてしまう。それを見事キャッチし、えへんと胸を張るネージュはとっても可愛かった。

「申し訳ありませんでした、旦那様。情報漏洩《ろうえい》を危惧して、精霊具の件は伏せさせていただきました」

アルセーヌはそう謝罪しながら深く腰を折った。まあ、シラーより先に騎士団の誰かに読まれるのはちょっとまずいかもしれないものね。

「しかし、こんなものが精霊具……」

シラーは困惑した表情で水差しを観察していた。

フライパンといい、めっちゃ地味だ。水を出せるのはものすごく便利だが、こんなので再び王城が大騒ぎになるのかと思うと、ちょっと申し訳ない。

「ですがこの精霊具は、凄まじい力を秘めております。……奥様」

「分かったわ。お願い、あのしょっぱくて甘い水を出して！」

アルセーヌに促され、空っぽの水差しにお願いする。すると青い宝石がぼんやりと光って、底からスポドリもどきが湧き始めた。

10秒もかからないうちに満タンになったそれを見て、シラーがあんぐりと口を開ける。

「これは……ダメだろう」

「ええ、ダメですな……」

シラーとアルセーヌが顔を見合わせて、ふうとため息を一つ。

やっぱりショボくて、陛下にご報告できない感じ⁉

「で、でも、このお水を飲むと雨爪病が治りますの！　使用人の皆さんは、これを飲みましたのよ！」

私が握り拳を作って新人のすごさをアピールすると、シラーは側にあったグラスにスポドリもどきを注いで飲んだ。

「……これは塩と……砂糖かい？」

「それとレモン汁も加えていますわ。熱中症や脱水症状の時に飲むと、具合がよくなりますの。この水差しで作ったものには、雨爪病を治す追加効果もあるみたいですけど」

「………………」

「旦那様？」

「……もっとダメになった。下手をすれば、戦争が起こるぞ」

「せ、戦争っ⁉」

物騒なワードにぎょっと目を見開く私に、眉間の皺を揉みほぐしながらシラーが恐ろしい事実を語っていく。

「今、エクラタン王国全域で、雨爪病が流行していてね。ナイトレイ領でも領民だけではなく、騎士団からも多数の感染者を出している。どこもかしこも、水害と疫病の二重苦に直面している状態だ。おそらく50年前に流行した時よりも、被害が大きくなるだろう」

私はアルセーヌの話を思い出した。雨爪病は普通なら3日程度で治る。だが適切な処置を行わなければ、死に至るとも言っていた。

水害で大混乱が起きている今、適切な処置というのはできているのだろうか。このままだと治るものも治らないいんじゃ……。

「そんな状況下で、疫病の特効薬が突然見付かったんだ。しかもそれは精霊具で、飲み水を無尽蔵に生み出せる。……これが国内外に知れたら、あらゆる勢力がそれを奪いにかかるぞ」

「戦争の……引き金になる……？」

私のたどたどしい問いかけに、シラーは無言で頷いた。アルセーヌもその横で、硬い表情で黙り込んでいる。

そうか。この世界、少なくともエクラタン王国や近隣諸国は現代ほどインフラの設備が充実していない。いまだに水道が通っていない地域もあると聞く。

私が思っていた以上に、この水差しの価値は高いようだ。アルセーヌもこのことを危惧して、手紙に精霊具のことを書かなかったのだろう。

「はっきり言おう。現時点でその精霊具の存在を明かすのは、得策ではない」

「それはそうですけど……どうにかなりませんの？」

「どうにか、というのは？」

「多くの人が雨爪病で苦しんでいますのよね？　それを治す水がここにあるのに、彼らを放っておくなんて私は嫌ですわ……」

今後のことを考えれば、シラーの考えが正しいのは分かっているけれど。

そのために今、病気に罹っている人を見捨てる選択はしたくないのだ。

私が自分の気持ちを告げると、シラーはため息を深くついた。呆れられたかもしれない。

「それは僕も同意見だ」

「だ、旦那様……！」

「民たちを見殺しにして、化けて出てこられたら嫌じゃないか」

ほんっっとに素直じゃない男だな⁉　こんな時ぐらい、「皆を助けたい」って正直に言えばいいのに。

「ですけど、何かいい方法はありますの？」

「その精霊具を王都へ持っていき、そこから兵を使ってエクラタン全領土へ水を輸送する。それしかないだろうな」

「それじゃあ、精霊具のことがもろバレですわよ⁉」

「だったら、内緒にしていればいい」

シラーがさらりと言う。

「水を生む精霊具。この事実は伏せて、雨爪病の特効薬が完成したという情報だけ拡散するんだ。そうすれば、リスクは幾分か低くなる」

「……そんな簡単にいきますの？」

「城には叔父上がいる。情報操作は、あの人がなんとかしてくれるだろうさ」

一番大変なお仕事は、ミスターフロッグに丸投げかい！

と、アルセーヌが疑問を口にする。

「しかしいかにプレセペ伯と言えども、軍そのものを動かす権限は……」

「その権限を持つお方にも協力していただくまでだ」

そう言いながら、シラーが水差しへ手を伸ばそうとした時である。

突然蓋がパカッと開き、無数の水鉄砲がシラーへと襲いかかった。

「おっと、危ない」

こつん。シラーが踵《かかと》で軽く床を叩くと、彼の目の前に石の壁が突き上がって水鉄砲を受け止めた。しかし貫通は免れたものの、分厚い壁に穴が空いている。

ウォータージェットってやつ？　というより、なんでいきなり攻撃をしたの!?

「……もしかすると、勝手に話を進められてお怒りになっているのかもしれませんな」

アルセーヌがぼそりと言った。

そうだった。精霊の意見を聞いていなかったわ。

「ご、ごめんなさいね。ですが、多くの人の命がかかっていますの。私たちに力を貸してくださら……ぶはぁっ！」

どうにか説得を試みようとすると、顔面に水をぶっかけられた。まずい、完全に心を閉ざしている。

「ははは。女性の顔に水をかけるなんて、無礼な精霊だな」

「旦那様も、そんな怖いお顔で煽らないでくださいまし！」

シラーに狙いを定めて、再びウォータージェットが放たれる。今度も石壁で防げたからいいけど……何か殺意が高くない!?

「奥様、大丈夫でございますか!?」

「え、ええ……」

アルセーヌから受け取ったハンカチで顔を拭く。

それにしても、マジでどうしよう。目の前で繰り広げられる攻防戦を、固唾《かたず》を呑んで見守っていた時だった。

「おかあさまをいじめないで！」

いつの間にか、扉の前でネージュがこちらを睨み付けていた。怒りからか、ふっくらとした頬が赤く染まっている。

「にんぎょさん……だいきらいなのっ‼」

そして目をぎゅっと瞑ってそう叫んだ途端、水差しの表面に大量の水滴が浮かび上がった。

お？　と思っていると、水差しがガタガタと大きく揺れ始める。注ぎ口から水がバッシャバッシャと零れているが、お構いなしだ。

執務室がどんどん水浸しになっていく。アルセーヌがささっと机の上の書類を避難させているが、床には大きな水溜まりが出来上がっていた。

こ、これは……！

「ネージュ様のお言葉でショックを受けておられるようですね……」

アルセーヌが少し気の毒そうに言う。えぇぇぇぇっ、この精霊、メンタルが弱過ぎない⁉

いや、私もネージュに大嫌いって言われたら傷付くわ。

「ネ、ネージュ。私は大丈夫よ。ほーら、仲良し！」

水差しを抱えて、仲直りアピールをしようとする。

「にんぎょさん、おかあさまからはなれてっ！」

ダメかーっ！　ネージュの中で水差し……というよりも、『にんぎょさん』の印象が最悪なことになっている。フライパンのことは『トカゲさん』と呼んでいるし、精霊の声が聞こえるだけじゃなくて、姿形も見えるのかも。

「って、ちょちょちょ！　落ち着いてくださる⁉」

私の腕の中で、バイブレーションを続ける水差し。そのせいで私のドレスが大変なことになっている。

どうにか落ち着かせようとしていると、ある異変に気付く。

蓋の部分の青い宝石が少しずつ透け始めていた。き、消えかけてるっ⁉

「だ、旦那様！　精霊が召されそうですわ！」

「仕方がないな……！」

シラーが忌々《いまいま》しそうに呟き、水差しに手を翳《かざ》す。

次の瞬間、水差しは透明な氷に包まれていた。けれどそれを抱えている私は、不思議と冷たさを感じない。

震えもピタリと止んだが、青い宝石はそのまま残っている。だから精霊も無事……のはず。

「ネージュ。この精霊は何も悪くない」

シラーは私から氷漬けの水差しを受け取ると、ネージュの前に屈み込んだ。

「その、なんだ。……僕が悪いんだ」

「おとうさま？」

「……そういうことになる。この精霊はそれに対して怒っただけで、アンゼリカは巻き込まれただけなんだよ」

「おとうさまのせい？」

ネージュが少し怒った顔になる。シラーの肩がぴくりと揺れるのを私は見逃さなかった。

「そうだ。うん……」

「……にんぎょさん、だいきらいっていってごめんなさい」

ネージュがぺこりと頭を下げると、水差しを覆う氷が砕けて青い宝石が輝き出した。

「おとうさまも、あやまるの！」

「うん……悪かった。今、この国では多くの民が苦しんでいる。あなたの力を貸してもらえないだろうか」

シラーが水差しに向かって、神妙な顔付きで頼み込む。すると宝石がもう一度強く光った。

たぶん……和解できた、のよね？

ほっとしたのも束の間、シラーがアルセーヌに空の樽を用意するように命じた。

「うちの領にできるだけ水を置いていく。それを各地に行き渡らせ、症状の重い患者に優先的に摂取させるんだ」

「かしこまりました」

2人のやり取りを聞いていた私は、はたとある問題に気付く。

「いくら精霊具の水だとしても、何日も放置しておいたら腐るかもしれませんわ！」

厳密に言うと水そのものは腐らない。だが空気に触れたり、コップなどに付着している雑菌が混ざって繁殖すると腐敗すると言われている。

そんなものを飲んだら、雨爪病が治ってもお腹を壊すと思う！

「なるほど。やはり腐敗の恐れはあるか」

シラーは合点がいった様子で頷いてから、こう言った。

「それじゃあ、凍らせておくか」

屋敷の中に運び込まれた樽は、物置に保管されていたものだった。そうは言っても定期的に手入れをしていたようで、新品同様……とまではいかなくても状態がとてもいい。

それらをしっかりと消毒してから、精霊具で作ったスポドリもどきを注いでいく。

数十本の樽が満タンになったところで、シラーがパチンッと指を鳴らす。

直後、真冬の風を彷彿《ほうふつ》とさせる冷気が吹き荒れ、その場にあった樽の水が全て凍り付いた。

「瞬間冷凍機……」

「レイトーキ？　なんだい、それは」

私がぼそっと呟くと、シラーが訝しげな視線を私に向けた。あなたのことですわよ。

それにしても、旦那様の魔法は本当に多彩だ。水のバリアで爆発から身を守ったり、火柱を起こしたり、物を氷漬けにしたり、石の壁を出したり。

……いや、おかしい。この世界の高位貴族は、魔法を使うことができる。そこまではいい。だけどレイオンは火、ネージュは木、メテオールは水というように扱える属性は一人につき一つだけ。

なのに、どうしてシラーはさまざまな魔法が使えるのだろう。まるで『Magic To Love』の主人公リリアナのようだ。

「まさか……」

…………ヒロイン役が変更？

私の脳裏に、パステルピンクのドレスを着たシラーが思い浮かんだ。

番外編　託児所狂想曲

「おかあさま、みてみて！　ネジュ、おえかきしたのーっ！」

愛《いと》しの娘がパタパタと駆け寄ってきて、大きな画用紙を「はいっ！」と私へ差し出す。そこに描かれているのは、茶色い毛並みの猫ちゃんだった。

昨日、庭園をお散歩している時に見かけた野良猫を描いたのね。スラッとしたしなやかな体つきや、上を向くようにピンと尖っている耳、ビー玉のような青い目。うんうん、特徴をよく捉えた絵だわ！

「とっても可愛いわよ、ネージュ！　あとで額縁に飾っておきましょうね」

「ほんと!?　ありがとなの！」

猫より娘が可愛くて、愛しさ大爆発。小さな体を抱き上げて頬ずりすると、ネージュはキャッキャと声を弾ませた。

親の贔屓目《ひいきめ》なしに見ても、ネージュの画力は日に日に上達している。小学生の頃の私より上手いんじゃないかな。

将来は名の知れた画家になることも夢じゃない、と親バカ全開で将来に思いを馳《は》せつつ、私にはちょっとした心配事があった。

……他の子供と遊ぶ機会が全くないのよね。

この屋敷の使用人はみんな優しくて、ネージュも彼らに懐いているわよ？　だけどやっぱり、同世代の子との触れ合いも必要なのではなかろうか。

ネージュを抱き上げたまま思案に暮れる。するとドアを数回ノックする音が聞こえた。「ただいま戻りました、奥様」と、ララがワゴンを押しながら入ってくる。そろそろおやつタイムなので、紅茶とお菓子を買い出しに出かけていたのだ。

「おかえりなさい。……あら、そちらは？」

ティーカップやお皿が並ぶワゴンの隅に、何やら白い封筒が載せられている。宛名はララになっているけれど……。

「うちの実家からの手紙です。つい先ほど届いたみたいで、他のメイドから渡されたんです」

ああ、いつもお世話になっているおもちゃ屋ね。

以前ララの巧みな話術に乗せられて購入したクレヨンは、すっかりネージュのお気に入りとなっていた。新しく他のお店のを買ってあげても、「まえのほうが、きれーないろだったの！」とぷっくり頬を膨らませるのだ。

「……それでですね、奥様に一つお願いがあるんです」

「うん？」

「急に申し訳ありません、明日から数日ほどお休みをいただけませんか!?」

ララは申し訳なさそうな表情で深々と頭を下げた。

「えっ？　突然どうし……まさか、ご家族に何かあったの!?」

実家から届いた手紙と、臨時休暇の申し入れ。私の脳裏に、『危篤《きとく》』のワードが浮かぶ。ララのおじいさんとおばあさんって結構お年を召しているし……！

「あっ、違います違います！　こちらを見てください！」

ララは慌てて封筒の中から1枚の紙を取り出した。これは……チラシだろうか。上部におもちゃ屋の店名がドーンッと豪快に書かれており、その下に『開店40周年記念！　大感謝セール！』とこれまた大文字で綴られていた。デザイン性がまるでない、2、3分で書き上げたような仕上がりになっている。

「あのお店ってかなりの老舗《しにせ》だったのね」

とりあえず、チラシのクオリティーには触れないでおこう。

「えへへ、実はそうなんですよ！　それで、その準備の手伝いに来てくれってことなんです。あの通り、うちのおじいちゃんとおばあちゃん、結構よぼよぼなので」

そう話すララに、私は前に一度シラーから聞いた彼女の身の上話を思い出した。

ララの両親は幼い頃に馬車の滑落事故で亡くなり、代わりに祖父母に育てられたそうだ。その恩を返すために店を継ぐことも考えたものの、孫の人生を縛りたくないと断られたらしい。だったらせめて稼ぎのいい仕事に就いて、少しでも多く仕送りがしたい。その一心で高収入の仕事を探し続け、ナイトレイ伯爵家の求人に応募したのだ。

「私は別に構わないけれど……旦那様には聞いてみた？」

「先ほど廊下ですれ違った時にお話ししてみたら、二つ返事で了承してくださいました！」

「あ、そうだったの？」

そういや、あの人って使用人に甘かったわ。

「……ララ、いなくなっちゃうの？」

私たちのやり取りを聞いていたネージュが、ぽつりと言葉を落とす。

「大丈夫よ。おうちの手伝いが終わったら、すぐに帰ってきてくれるわ」

「うん……」

頷いてはくれるものの、しょんぼりと俯いちゃっている。私がいない間は、いつもララにべったりだったものね。

「ネージュ様、申し訳ありません。あの、お土産をたくさん買ってきますので……！」

「いいえ、その必要はないわ」

「へっ？　奥様？」

「私たちも一緒に行く！」


というわけで次の日、私たちは馬車でおもちゃ屋へ向かっていた。

「久しぶりにネージュのおもちゃも見たいと思ってたの。ねー？」

「ねー！」

膝の上にいるネージュとにっこり笑い合う。

「そう仰っていただけると、２人も喜ぶと思います。あ、ちょうど新商品を仕入れたって手紙に書いてありましたよっ!!」

やけに力がこもっているように聞こえた後半分から、私に絶対に買わせるという商魂をありありと感じる。この調子だと、他のおもちゃもどうですか？　って勧められそうだわ。

ネージュがこくりこくりと居眠りを始めた頃、馬車はおもちゃ屋に到着した。御者がキャビンの扉を開ける。

「ネージュ、お店に着いたわよ」

体を優しく揺らして声をかけてみる。

「む～……」

初めは眠そうに唸っていたが、外を見るなり、「おもちゃ！」と元気よく馬車から飛び出そうとする。

「ちょっ、ステイステイ！」

慌てて後ろから抱き上げて、ふぅーと大きく息を吐いた。子供って時々、恐ろしいくらい俊敏になるわよね……。

ネージュを抱えたまま降車して、ララもそれに続く。すると、店のドアには『ただいま休憩中。少々お待ちください』と書かれた木製のプレートが掛けられていた。セールの準備で忙しいのかしら。

しかしプレートを見たララは、訝しそうに首を傾げた。

「ん？　準備期間も、お店は普通に開けるって手紙に書いてあったんだけどな」

ギィイィ……。

ララが取っ手を引いてみると、ドアは引き攣るような音を立てて開いた。

店の中は深い静寂に包まれており、カーテンを閉め切っているせいで日中にも拘わらず薄暗い。それに加えて無人だった。

「おじいちゃん？　おばあちゃーん？」

ララが店内を見渡しながら呼びかけてみるが、誰の声も聞こえない。

『うちのおじいちゃんとおばあちゃん、結構よぼよぼなので』

昨日ララが何気なく零した一言が脳裏に蘇る。え……ま、まさかね。そんな縁起でもない……。

しかしララも私と同じ考えに思い至ったのか、焦ったように2人をしきりに呼んでいる。そしてお勘定場の辺りまで差しかかろうとした時だった。

「はいはい。そんなに呼ばなくたって私はここにいるよ。帰ってきて早々どうしたんだい？」

店の奥から、ひょっこりとララのおばあさんが現れた。私たちの心配を余所《よそ》に、箒《ほうき》とちりとりで床の埃《ほこり》を集め始める。どうやら掃除道具を取りに行っていたらしい。その動きは老人にしては機敏だ。

「んもう、店をお休みにするならちゃんと手紙に書いておいてよ。何かあったのかと思ったじゃん！　お店の中も真っ暗だし！」

「ああ、じいさんがちょっとねぇ……」

おばあさんが呟いた一言に、不安が再びぶり返す。

「そういえば、おじいちゃんどうしたの？」

「セールだからって無駄に張り切っちゃってね。あれを抱えようとしたら、腰をグギってやっちゃったんだよ」

おばあさんは店の隅に放置された大きめの木箱を顎で指した。その中には包装紙に包まれた物体がぎっしり詰まっている。セールで売り出すおもちゃだろう。

「私は止めたんだよ？　力仕事はララに任せた方がいいんじゃないかってさ。だけど『このくらいワシでも運べる』って言い張ってね。老骨に鞭打った結果がこれだよ」

呆れたように肩を竦め、ちりとりに溜まったゴミをゴミ箱に捨てている。

ララがおじいさんの容態を尋ねると、近所の診療所でもらった湿布を腰に貼り、寝室で安静にしているということだった。医者からは「暫く休んでいてください」と口を酸っぱくして言われたらしく、年寄りをバカにするなと一人拗ねているのだとか。

「そんなんだから、流石に店を閉めてたんだよ。たった一人で接客と準備なんて無理だからね」

「マジかー！　結構大変じゃん、私、帰ってきて正解だったね」

「ほんとだよ。まあ3人いれば、なんとか間に合うか」

おばあさんはなぜか私に視線を向けて言った。

「おばあさん!?　もしかして私まで頭数に入れてませんこと!?」

「ダ、ダメだよ、おばあちゃん！　奥様は買い物に来ただけ……」

ララが諫めようとするが、おばあさんがその言葉を遮って私に詰め寄る。

「欲しいおもちゃがございましたら、全品半額にいたします！　ですからどうかお願いいたします、アンゼリカ奥様！」

あくまでも、タダではなく半額。流石はララの祖母なだけのことはあるわ。この図太さが店を40年もの間存続させてきたのだと思う。

「別に手伝うのは構いませんけど……その間、娘をどうしようかしら？」

馬車の中に置いていくなんて論外だ。一人寂しく私たちを待つネージュを想像すると、胸がめっちゃ痛い。

「でしたら空き部屋がございますので、そこでお預かりします。多少傷がついて売れなくなったおもちゃもご用意いたしますね」

「いっぱいあそべるの？」

おもちゃのワードに食いついたネージュが、期待を込めて聞く。おばあさんの答えはもちろん「はい」だった。

「おかあさま！　ネジュ、いいこでまってるね！」

「う、うん！　お母様も頑張ってお手伝いしてるわ！」

元気に送り出されると、それはそれでなんだか寂しい。子供のために働く全国のお母さんって、こういう気持ちなのかしら。

「おばあちゃん、私たちは何をすればいいの？」

「ほぼ全部かねぇ」

ララの質問に、おばあさんはさらりとそう言った。というのも、これから準備に取りかかろうとした矢先に、おじいさんが腰を痛めてしまい、それどころではなくなってしまったらしい。

「じゃあ商品の陳列は私がやるとして……奥様はまず値札を作っていただけますか？　はい、こちら紙とペンと価格表です！」

細くて小さな紙の束と黒いペン、それとおもちゃの単価が記載された紙を手渡される。ここに載っている値段を書いていけばいいのね。よし、やったるわい！

価格表をチラチラ確認しながら、紙に数字を記入していく。しかしこれだけでは味気ないので、借りた色鉛筆で余白にお花や犬猫のイラストを小さく描き込んでみる。うんうん、なんだかおもちゃ屋さんっぽいわ！

ついでにあのシンプル過ぎるチラシも、改良を加えることにした。と言っても、こちらもイラストを追加する程度だが、だいぶ明るくて可愛い印象になった気がする。

「絵がお上手ですね、奥様。そのキツネ、とっても可愛いです！」

新しく生まれ変わったチラシを覗き込んだララが、声を弾ませて感想を述べる。キツネじゃなくて猫なんだが？

私に絵心がないのか、ララに見る目がないのか。たぶん前者だと自覚しながら、休憩がてらネージュの様子を見に行く。

おもちゃに飽きて泣いていたらどうしよう。一抹の不安を覚えながらドアをそっと開く。

「ぽん、ぽん、ぽん！　ぽーんっ！」

ネージュは両手に握り締めたマレットで、カラフルなおもちゃの木琴をリズミカルに叩いていた。その度に鳴り響くまろやかな高音。

飽きて私たちが恋しくなっているどころか、演奏にどハマりしている。元気そうで安心したけど、ちょっと複雑だよ！

◆◇◆◇◆

そして数日後。無事に開店記念日を迎えたおもちゃ屋には、大勢の親子連れが詰めかけてきていた。近隣住民が客の大半を占めていたが、時折貴族や商家と思《おぼ》しき人々も見かける。私が知らないだけで、他の領地でも名の知れたお店なのかな。

新商品を含めた全ての品物が4割引という赤字覚悟の出血大サービス。飛ぶように売れていくおもちゃの数々に、私たちは大いに喜んでいた。初めのうちは。

「いくらなんでも、ちょっと売れ過ぎじゃないかい？」

勘定場の前にできた長蛇の列を前にして、おばあさんが疑問を呈する。

「4割引にしたからってここまで売れるもんかねぇ。元値が高いやつは、いくら値段を下げても結構売れ残るもんなんだけど……」

ちらりと陳列棚を見る。そこには比較的値の張るおもちゃばかりが飾られていたが、あっという間に刈り尽くされてしまっていた。

確かにおかしい。この状況を訝しんでいたまさにその時、勘定係を務めていたララが「アアアア!!」と奇声を上げた。

「ララ、どうしたの!?」

「奥様ぁ、奥様ぁぁぁぁっ！」

ララは半泣きで私のことを連呼したかと思うと、『少々お待ちください』と走り書きした紙を挟んだメモスタンドを勘定場に残し、私とおばあさんを店の奥へと引きずり込んだ。

そしてそこで明かされる衝撃の事実。

「奥様、値札の値段が全部ゼロが1個足りません……！」

マジで!? 目を白黒させて、完売した商品の値札と価格表を見比べる。でも間違ってないんじゃ……いやいやちょっと待った！ 価格表をよく見てみると、一番端っこの0にだけ斜線が引かれている。てっきりこれを書いた人の癖字だと思って、大して気に留めてなかったんだけど……。

「あ、あのララさん？　もしやこの斜線を引いた0というのは……」

「0が2つって意味ですよぉっ！　ウワァァン!!」

やっちまったーーーーっ!!

「ありゃりゃ。こういう略し方があるって、奥様知らなかったんだねぇ……」

おばあさんが遠い目で呟く。

そうなんです。知らなかったんで……いえ、知ってましたすみません。

だって以前は酒場で働いてましたし。私自身も普通に使っていました。だけど前世の記憶が戻った途端、その知識は記憶の片隅に追いやられてしまった。

私は今すぐに値札を作り直すと言ったのだが、おばあさんは首を横に振った。ここまで来たら、今さら修正するわけにはいかない、と。

「そんなことをしちまったら、あとから来たお客さんが損することになる。最後までこのままの値段でいくしかないよ！」

出血大サービスが失血死大サービスになってしまった。

その数時間後。店内に並んだ商品が少なくなるにつれて、客足もぽつりぽつりと途絶え始める。接客も一段落したところで、私は2人に深々と腰を折った。

「本当に……本当に申し訳ありませんでした……！」

「そんな、奥様は悪くありませんよ。チェックしなかった私たちの責任です！」

「ララの言う通りです！　どうか頭を上げてください！」

うぅ、2人の優しさが痛い。針のむしろの思いで顔を上げると、店先にネージュと同じ年頃の男の子がぽつんと佇んでいることに気付いた。近くに親御さんの姿もないし、一人で来たのかしら。

「おや、あの子は……」

子供を見るおばあさんの目は、どこか物悲しそうだ。

「ぼく、おもちゃ見に来たの？」

ララが男の子へ近付いていき、視線を合わせるようにしゃがみ込む。

「あ……あの……ぼく……」

首元がよれたシャツの裾をきゅっと握り締め、男の子は目を伏せてしまった。何かを言いたいけれど、我慢しているようにも見える。

と、店の奥から鈴を転がすような笑い声が聞こえてきた。

「おかあさまー！」

おじいさんにおんぶされたネージュが、ぶんぶんと元気よく手を振っている。……おんぶ!?

「おじいちゃん、腰は大丈夫なの!?」

「おう、この通りピンピンしとるわい。明日から復帰できそうじゃな!」

「それは何よりですわ! ですけど再発したら大変ですから、あまり無茶はしないでくださいまし!」

腰が治ったと調子に乗っているので、すぐにネージュを下ろさせる。その際、おじいさんが少しよろけたのを私は見逃さなかった。言わんこっちゃない!

一方ネージュは、店の入り口へ向かってとことこと歩いている。そしてあの男の子の正面で止まった。

「あのね、あのね! ネジュとあそんでっ!」

琥珀色の目をキラキラと輝かせているネージュに、思わず「えっ」と声を上げた。男の子もびっくりしたように目を丸くしている。

「ぼくと……?」

「うんっ! おかあさまもララもおしごとなの。だからあそんで! ……だめ?」

ネージュが不安げに首を傾げると、男の子はふるふるとかぶりを振った。

「ま、待ってネージュ。急にそんなこと言ったら、その子だって困っちゃうでしょう? おうちに帰らなくちゃいけない……」

「奥様……あの子をネージュ様と遊ばせてあげてください」

呼び止めようとする私を遮るようにおばあさんが言った。その隣でおじいさんも頷く。

ネージュが男の子の手を引いて、おもちゃ部屋へと戻っていく。それからすぐに聞こえてきた2人分の賑やかな声を聞きながら、私とララはあの子について教えられた。

男の子が生まれて間もない頃に父親が病気で亡くなり、母親に女手一つで育てられているそうだ。母親は一日中働き詰めでその間ずっと一人で過ごしているのだという。食事は母親の作り置きやご近所さんのお裾分けをいただいているが、当然おもちゃを買う余裕などない。

本人も幼いながらに我が家の経済状況を理解しているのか、普段はおもちゃ屋に近寄ろうともしないらしい。

「だけど今日は、同じ年頃の子供たちがたくさん詰めかけているのを見て、自分も入りたくなったんだろうね」

おばあさんはそう締めくくり、小さくため息をついた。

俗に言うシングルマザーというものだろう。どこの世界でも困窮している家庭は存在する。

私自身も前世今世共にクズ野郎な元カレのせいで苦労していたので、決して他人事《ひとごと》ではなかった。

男の子を助けてあげたいという気持ちはあるけれど、一人を助けたら他のみんなも援助しなくてはいけない。私にはそんな権限も覚悟もない。

それでも目の前で困っている子供がいたら、放ってはおけないわ。私は少し考えてから口を開いた。

「あの、明日もお店を手伝いに来てもいいかしら？」

「奥様？」

おばあさんが不思議そうに私に目を向ける。

「ネージュも連れてきて、彼と一緒に遊ばせてあげたいの」

そのくらいだったら、ちょっとした親切の範疇《はんちゅう》に収まると思うのよね。

「……ありがとうございます、奥様。きっとあの子も喜ぶと思います」

「それに……本日の罪滅ぼしもさせてほしいし」

しんみりとした雰囲気の中、私は目を泳がせながら小声で言った。何も知らないおじいさんが「ん？」と反応する。

「罪滅ぼし？　奥様、一体何をなさったんですか？」

「実は商品のねふモガ」

ララに素早く口を塞がれた。

「奥様ってばお客様への押し売りがすごくって、買い物に集中できないって注意されちゃったんだよね。ほんとそのくらいだから。そうですよね、奥様。ね！」

「……ええ！」

身振り手振りで嘘八百を並べるララに、私は少し迷ってから力強く首を縦に振った。

というわけで、セールが終わったあとも私たちはおもちゃ屋に足繁《あししげ》く通っていた。私が贖罪《しょくざい》という名の無償労働に勤《いそ》しんでいる間、ネージュは別室であの男の子と楽しくお遊び。

初めの頃はどこかぎこちない様子の男の子だったが、次第に自然な笑みを見せてくれるようになった。ネージュも、帰りの馬車の中で「きょーもたのしかったの」と嬉しそうに話している。

やっぱり子供同士で遊ぶことも大切なのね。あらためてそう実感しながら、私は黙々と棚卸しをしていた。

そして休憩時間を迎え、ネージュたちの部屋へ向かっている最中に、私はある異変に気付いた。

何かいつもより騒がしくない？

自然と歩調も早くなる。部屋のドアを開けると、ネージュを含めた5名の子供が一斉に私を見た。

「おねえさん、だぁれ？」

「ふふふっ。ネジュのおかあさまなのっ！」

「ネジュのおかーしゃん⁉」

「わたちのママよりびじんさん！」

こらこら、自分のお母さんと比べないの。って、いつの間にか子供が増えとる！　なんで⁉

その謎はララが教えてくれた。

「ネージュ様たちが遊んでる様子を、街の子たちが窓の外から眺めていたそうなんです。そうしたら、ネージュ様が『みんなもあそぼ！』ってお声をかけたらしくて……」

「子供たちが増えるのはいいけれど……おもちゃが足りないんじゃないかしら」

せっかくみんなで遊んでいるのに、取り合いで喧嘩《けんか》になったら悲しいわよね。譲り合いの精神を覚えるのも大事だけど、どうせならとりあえずは思う存分楽しんでもらいたい。

「よし、この辺りに置いてあるおもちゃ、私が全部買うわ。あ、もちろん割引とかなしで、元値よ！　これだけあれば、取り合いも起こらないでしょ？」

私がこっそりおもちゃを買って部屋に持っていくと、子供たちは大はしゃぎだった。みんな私に駆け寄ってきて、ネージュが「おかあさまとっちゃ、やっ！」と拗ねる一幕もあったが。

そして、さらに数日後。

「また増えてないかしら⁉」

私が知らない間に、子供の人数は2桁を突破していた。どうやら「うちの子もお願いできませんか？」と、親に連れて来られた子もいるらしい。これだけ多いと、あの子たちだけで遊ばせるのが不安になってきた。

「お店の方は私とおばあちゃんだけでも回せますので、奥様には子供の世話をお願いしてもよろしいですか？」

ララにそう頼まれ、私は子供部屋へと急いだ。ドアを開けるなり「ネジュのおかあさんだ！」、「ネジュママだー！」とちびっ子たちがぽてぽてと集まってくる。か、可愛い！

「あのね、あのね。みんな、おかあさまがだいすきなの！」

ネージュが両手を大きく広げ、どこか自慢げな表情で言う。2、3日までは私を取られると思って癇癪《かんしゃく》を起こしていたのに、子供の成長って早い。

「みんなー。今日も喧嘩をしないで、楽しく仲良く遊ぶんですよー」

「「「はーいっ」」」

もみじのような小さな手を挙げて元気よく返事をする子供たち。怪我《けが》をしないように見守りつつ、私は正方形に切った紙を丁寧に折っていた。

「おかあさま、かみおりおりしてるの？」

「そうよ、鳥さんを作ってるの。……はい、出来上がり！」

折り鶴を娘の手のひらにそっと載せてあげると、「とりさん！」とつぶらな瞳がキラリと輝いた。他の子供たちも興味津々な様子で、ネージュの下へ大集合する。せっかくなので、風船や手裏剣《しゅりけん》も折ってあげようかな。

「ボールだ！　ポンポンできる！」

「しゅっとしててかっこいいー！」

ロボットやドラゴンなどの超大作に比べると見劣りしがちなポピュラーな作品ばかりだが、折り紙という文化に初めて触れた子供たちの心を鷲掴みにしたようだ。紙さえあれば、いつでも遊べるし、経済的にもかなり手軽でいいと思う。おもちゃが買えないご家庭の子も多いものね。

これでも折り紙は得意な方だ。前世では中学生の時に折紙部なんて地味かつ安上がりな部活に所属していたのである。後の人生に活かされることはないと思っていた技術が、まさかこんな形で役に立つとは……何か保母さんになった気分だわ。託児所か、ここは。

日が暮れ始め、お店の閉店時間が近付くにつれて、子供が一人また一人と帰っていく。「バイ

バーイ！」と自ら帰路につく子もいれば、親御さんが迎えに来てくれる子もいる。

「ナイトレイ伯爵夫人がうちの子の面倒を!?　あ、あの、なんとお礼を申し上げればよいのか……！」

「お礼なんていりませんわ。どうかお気になさらないで」

血相を変えてお辞儀をされる場面が幾度もあった。

「ふむ……こちらの店で取り扱っているおもちゃは、どれもいい製品ですね。デザインが可愛らしく、子供の好奇心をくすぐるものばかりだ。流石、ナイトレイ伯爵夫人がご贔屓にしている店だけのことはあります」

店内に陳列されたパズルを興味深そうに眺めているのは、商家の人間だ。子供を迎えに来るついでに、こうして買い物をしてくれる親も増えてきた。

それはつまり、おもちゃ屋の利益にも大きく繋がるわけであって。

「こりゃ本格的に、子供を預かるサービスを始めてみようかしらねぇ」

閉店後、この日の売上を計算していたおばあさんがぽつりと呟いた。ちなみにネージュは遊び疲れて、子供部屋ですやすやと寝息を立てている。

お肉屋が焼肉屋を開業するように、おもちゃ屋が託児所を併設するということね。確かにこちらから「子供を預かります」って公言した方が、親御さんも気兼ねなく預けられると思う。

「いいんじゃないかしら？　今よりおもちゃももっと売れて……」

「始めるのは構わんが、預かれる子供にも限りがあるぞ。これ以上は無理じゃろうて」

おじいさんに待ったをかけられ、私たちはハッと思い留まった。

そういえば、まだ5人だけの頃は自由に走り回れるスペースがあった。しかし今は、ぶっちゃけ結構狭い。子供同士でぶつかりそうになり、ヒヤヒヤする場面が多々あった。

かと言って人数制限を設けるというのは、利用できない子が可哀想だし……あ、そうだ。

「だったら、いっそのこと新しく建てちゃえばいいんだわ！」

「「はい⁉」」

私の突然の思い付きに、おじいさんとおばあさんがぎょっと面食らう。

「新しく建てると仰られましても……費用のこともありますし……」

「え？　えっと……私が旦那様に拝み倒して出してもらうわ！」

「そのようなことをしていただくわけには参りません！　私たちでどうにか工面しますので！」

「ダメよ！　言い出したのは私だもの。あなたたちにそんな無理をさせられないわ！」

「奥様奥様。でしたら費用の一部をナイトレイ伯爵家で負担していただいて、残りは街のみんなに出してもらうというのはどうですか？」

私たちの押し問答に終止符を打ったのはララの提案だった。

「つまり寄付ってこと？」

「はい！　この街って治安がすごくいいってわけでもありませんからね。うちで子供たちを預かるようになって、安心してるって声が多いんです。みんなお金を出してくれると思いますよ」

ララはおやつのドーナツを私に差し出しながら、そう言った。

寄付という手があったか。ただし、これには一つ大きな問題点がある。咄嗟にシラーの名前を出してしまったものの、果たして協力してくれるかどうか。突然託児所を建てたいから費用を（一部）出してくれと言われたら、誰でも難色を示すだろう。

面倒くさそうに顔を顰める旦那を想像すると、気が重くなってきた。……いえ、この街の子供たちのためにも気合いを入れるのよ、アンゼリカ！

そう自分を奮い立たせ、私は屋敷に戻るなりシラーに相談を持ちかけた。

「託児所ね。僕は別に構わないよ」

シラーは涼しい表情でそう答えながら、流れるような手の動きで書類に署名をした。

「あ、あっさり承諾し過ぎじゃありませんこと？　もっと渋られると思いましたわよ」

「幼児たちを預かり保育できる施設があれば、治安の向上に繋がる。それに子育てで働きに出られなかったり、ノイローゼを発症している親への支援にもなったりとメリットが多い。いいよ、費用の一部であればうちが受け持とう」

うちの旦那グッジョブ！

「ありがとうございます、旦那様。ではお仕事の邪魔になりますので、私はそろそろ失礼しますわ」

「ああ、それと一つ言っておくが」

部屋から出ていこうとすると、後ろから呼び止められた。

「くれぐれも周囲に流されないように。深く考えず他人の意見を聞き入れていると、取り返しのつかない事態を引き起こすぞ」

「……？　分かりましたわ」

この忠告の意図に気付くのは、もう少しあとのことだった。

◆◇◆◇◆

託児所は、おもちゃ屋から少し離れた空き地に建てられることが決まった。トイレやミニキッチンが設備された平屋建てである。

外観を意識して小さな庭も作るつもりだったが、予算をオーバーしてしまうため敢えなく断念した。街の住民の理解を得られ、寄付金が集まっただけでも重畳《ちょうじょう》重畳。

シラーが業者を手配してくれたおかげで、新築工事はすぐに始まった。あとのことは彼らにお任せして、私は引き続き保母さんとして子供たちのお世話に励んでいた。

「みてみて、ネジュママ！　おはなつくったの。おとうさんとおかあさんにあげるんだよ！」

「とっても上手ね！　きっとおとうさんとおかあさんも喜んでくれるわ！」

「ネジュママ、ごめんなさい。ふーせんぐしゃってなっちゃった……」

「謝らなくていいわ、また作ればいいんだもの。そうだ、私と一緒に作りましょう？」

私の愛称がネジュママに定着しつつある。そして子供たちの間で、空前の折紙ブームが到来していた。自分で折ったものや、私が折ってあげた手の込んだ作品を自宅に持ち帰ることもしばしば。後日、親から「私たちにも作り方を教えてくださいませんか？」と師事を仰がれることもある。

一方ネージュは愛用のクレヨンで子供たちやおもちゃの絵を描くことに夢中になっていた。真剣な顔で手を動かす様子を、他の子も膝を抱えてじーっと眺めている。何かあそこだけ不思議な空気が漂ってるわね……。

この頃になると、街の人もボランティアで手伝いに来てくれるようになり、私の負担も軽減されていた。他の子たちの手前、ネージュをなかなか構ってあげられなかったから、たっぷり甘やかしてあげましょう！

「ネージュお絵描きしてるの？　私に見せてちょうだ……」

「おかあさまのえ、かいてるの！　だから、いまうごいちゃだめなのーっ」

「あ、はい」

そんなこんなで着工から3カ月が経ち、待ちに待った日がついに訪れた。託児所が完成したという知らせが届いたのだ。

私とララは心を躍らせながら、早速見に行くことにした。完成してからのお楽しみと我慢していたので、現場に向かうのは本日が初めてとなる。

私たちを乗せた馬車が市街地に到着し、目的地へ一直線に進んでいく。期待を抑え切れずララと2人で顔を見合わせていると、馬車は緩やかに停車した。

「ん？」

なぜか謎の人だかりができていた。彼らは一点の方向を見上げ、指差している。その視線を目で追ったララが、「ひゃっ！」と短く叫んだ。

「お、お、奥様！　あれ、あれ……！」

「あれ？　……ってなんじゃありゃ!?」

雲一つない透き通るような青空の下、豪邸かと見紛うような建築物が聳え立っていた。

玄関へと続く階段は白い大理石製。敷地は不法侵入者を拒むように高い柵に囲まれていて、広々とした庭には薔薇やクレチマス、フロックスなど色とりどりの花木が植栽されている。

「ナイトレイ伯爵夫人でございますね。腕によりをかけて造らせていただきました。いかがでしょうか？」

唖然とする私たちの下へ、現場の責任者がにこやかにやって来た。

「立派ね……」

「そう仰っていただけて嬉しいです」

「お、おバカーッ！　誰がここまで立派にしろって言いましたの!?」

私の怒声が街中に響き渡る。まずいまずい、これ絶対予算オーバーしてるじゃん！

「こうなったら旦那様に頭を下げて、足りない分を補填《ほてん》してもらうしか……っ！」

「いえ。費用でしたら、ナイトレイ伯爵様より追加の額をいただいております」

は？

「こちらがその契約書でございます」

現場責任者が差し出してきた書類には、寄付金の2倍以上の金額とシラーの署名が記されていた。驚愕で目を瞬かせる私に、「知らなかったんですか？」と言いたげな視線が突き刺さる。

何も聞かされてないんだから、知ってるわけないだろ！

「まあまあ。旦那様がツンデレを発動してくださったおかげで、これだけ豪華にできたんですからいいじゃないですか。わ、中もひろーい！」

「奥様も早く来てください！」と、玄関から内部を確認したララが私に手招きをする。うん……豪華なのはともかく、中が広いに越したことはないか。

部屋数も当初の予定よりかなり増えているので、子供を多く迎え入れることができそうだ。

こうして『ナイトレイ託児所』は本日から本格的に運営を始めた。なんでうちの名前？　と疑問が生まれたが、ララに「旦那様がお金をほとんど出してくださったので」と言われて納得。

街中にチラシを配って利用者を募ったところ、早速10名ほど一時預かりの申請が舞い込んだ。ネージュたちはおもちゃ屋の狭い一室から突然広い部屋に移ることになり、少し困惑していたようだけど、すぐに慣れておのおの自由に過ごしている。

幸先よいスタートに確かな手応えを感じていた私だが、『ナイトレイ託児所』の名は意外な人々にも知れ渡っていた。

「私たちもこちらの施設を利用してもよろしいかしら？　子供同士で交流を深めるいい機会だと思いますの」

「はぁ……」

「申し遅れました、私はグラニエ伯爵の妻ナディアと申しますわ。以後お見知りおきを」

真っ白に塗りたくった肌と、真っ赤なルージュが引かれた唇。そしてむせ返るような香水の香り。30代過ぎの金髪美女は、どこか高圧的な笑みで自己紹介をした。

それに合わせて、後ろに控えていた男爵・子爵クラスの夫人も優雅なカーテシーを披露する。

高貴なオーラが漂うママ友軍団に、私とララは思わず視線を合わせる。まさか貴族まで託児所を利用したいと言い出すとは思わなかった。

「あのー、うちは庶民のお子様を中心にお預かりしております。貴族だからと言って優遇するつもりはございませんが、そちらはご承知でよろしいですね？」

突然の申し出に警戒しているのか、ナディアに確認を取るララの声は、いつになく刺々《とげとげ》しい。

こらこら、ここはもう少し温厚に……。

「もちろんですわ。最初は身分の低い子供たちと一緒なんて……と思いましたけど、運営にナイトレイ伯爵家が携わっているのなら、多少のことは目を瞑って差し上げます」

この人の横っ面、ひっぱたいてもいい？

そう目で訴える私に、ララが無言で小さく両手をクロスしている間にも、ナディアの話は続く。

「けれど今のままですと可愛い我が子を預けるには、少々物足りませんわね。ですから飲食の提供もしてくださらないかしら？」

「え？　いえ……うちはどの家庭も無料で利用いただけるように、サービスは基本的に必要最低限と決めていますの。食事もということになってしまうと、食事代を請求しなくてはいけませんわ」

「私たちが庶民の方々の分まで費用を賄いますわ。でしたら文句はないでしょう？」

え、ほんと？

「調理スタッフもこちらで手配させていただきます。以前うちで働いていた腕利きの料理人がいますの」

「……そういうことでしたら、あなた方にお任せしようかしら」

悪くない話だと思う。暫しじっくり考えてから頷けば、今度は別の夫人が口を開いた。

「どうせなら、勉強もさせてくださらない？」

「べ、勉強っ？」

思わぬ要望をされて、調子の外れた声が出てしまった。

「椅子や机など必要な備品は私たちが揃えますわ。教師も、うちの旦那の元家庭教師に頼もうと思っていますの！」

「え、ええ。それは助かりますわ……」

意気揚々と語られ、私は赤べこのようにコクコクと頷くことしかできずにいた。

食事といい勉強といい、なんだか変な方向に進んでない!? もう託児所というより学校じゃん！

だけど貧困家庭の子供も、貴族と同等の教育を受けられるというのは大きな利点かもしれない。しかも無償で、というオマケ付き。

……よし。ナイトレイ託児所、どんどん高みを目指していくわよ！

◆◇◆◇◆

「わぁーっ！　おいしいっ！」

「こんなにおいしいの、はじめてたべた……！」

「おかわりしてもいいの？　やったーっ！」

ナイトレイ託児所での初めての給食、それもレストランさながらの豪華なメニューに、子供たちは大いに盛り上がっていた。誰もが目を輝かせ、我先にと空になった皿を持って配膳台の前に並んでいる。

しかし、その様子を冷ややかな目で見つめている集団があった。貴族を親に持つ子供たちだ。

「なぁ……あいつら、ずるくないか？」

「うん。おかねをはらわないで、ごはんをたべてるなんてずるい」

「これだから、しょみんはいやしくてきらいなんだ」

侮蔑交じりの愚痴《ぐち》が延々に続いていく。

「だいたい……なんでしょみんのくせに、ぼくたちにけいごをつかわないんだ？」

「ここではだれもが、びょーどーなんだってさ」

「びょーどーじゃあるもんか！　そうだよな、アベル」

興奮気味に意見を聞かれ、集団の中でも最年長の男児は大きく鼻を鳴らした。

「あいつらに、じぶんたちのたちばをわからせてやる」


事件が起きたのは、昼食の時間が終わって暫く経った頃。午後の授業が始まるまで、各自が自由に過ごしている時だった。

「うわぁっ！」

一人の男児が短く叫んでおもちゃ部屋の床に蹲《うずくま》る。近くにいた子供たちが駆け寄り、男児の顔を覗き込むなり悲鳴を上げた。こめかみの辺りから真っ赤な血が流れているのだ。

「マルクが、けがしてる！」

「せんせっ！　はやくせんせーよばないと！」

その場が騒然となる中、慌てて駆けつけた職員の「何があったの!?」という声が響き渡る。

「あ……えっとアベルにどんってされて、つみきにごつんって……」

マルクが指差した先には、三角形のつみきが転がっていた。

「……アベルくん、そうなの？」

職員が部屋の隅で様子を窺っていたアベルに問いかける。

だがアベルは困ったように眉を下げて、ふるふると首を横に振った。

「ぼく、そんなことしてません」

「え……？」

マルクは目を大きく見開いた。するとアベルの傍にいた貴族の子供が、口々に証言していく。

「ぼくみました！　マルクはひとりでころんでました！」

「アベルのせいにするなんてひどい！」

「え、で、でも、アベルが……」

マルクがたどたどしく言い返そうとするが、それを遮るように職員が小さな肩を掴む。

「何があったかは分からないけど、嘘をついちゃダメよマルクくん」

「あ……」

厳しい視線を向けられ、マルクは言葉を失う。そしてその横顔を見て、アベルたちはくすくすと笑みを零すのだった。

◆◇◆◇◆

職員たちに子供たちの世話を任せてから数週間。その間、私はせっせと『これ』を作っていた。

紐で綴られた40ページにも及ぶ冊子には、折り鶴や手裏剣、カエルなど折紙の折り方がイラスト付きで事細かに記載されている。

「その名も『誰でも折れるよいこの折紙大百科』ッッ‼」

「おおーっ！」

ララがパチパチと拍手をする。

「や、やっと完成したわ……！」

これで私が不在の時も、折紙を楽しめるわね。

「お疲れ様です、奥様。それにこのご本、絵でも作り方を説明しているのですごく分かりやすいです」

「アルセーヌのおかげよ……」

目の下に青黒いクマを作りながら「全然描けない。もうやめたい」と泣き言を漏らす私を見かね、アルセーヌが救いの手を差し伸べてくれたのだ。

手順のイラストが忠実かつ立体的に描かれていて、どういう風に折るのか矢印での指示も入っている。まさかの救世主の登場に、頓挫《とんざ》しかけた本作りも無事ゴールを迎えることができた。

「ということで久しぶりに託児所の様子を見に行きましょう！」

軽やかな足取りで馬車に乗り込む。

ネージュは週に2、3回託児所に通っているが、私が他の子供の顔を見るのは久しぶりだ。本作りに時間がかかるから、ネージュを玄関先まで送り届けたら、そのまま帰ってきていたのよね。

「みんな、久しぶりねー！　ネジュママが来たわ……よ？」

おやおや？　心なしか、子供の数が少ないような。他の部屋にいるのかしら。

折紙の冊子片手に託児所中をくまなく探し回ってみるが、やはり減っている。それから気付いたことが、もう一つ。

来ているのは貴族の子たちばかりということだ。

「ネ、ネージュ！　どうしてみんな来なくなっちゃったの!?」

「んー、ん。ネジュにもわかんない……でもみんな、かなしそうだったの。たくじちょ、やになっちゃったのかな？」

少し泣きそうな顔で、ネージュは俯いてしまった。

託児所の異常には気付いていたけれど、私に心配をさせたくなくてずっと黙っていたらしい。

「こんなことになっていたなんて……気付いてあげられなくてごめんね」

私は至急職員たちを集めた。

「あなた方なら何か知っているはずよ。一体何があったの？」

「「「…………」」」

答えられませんと言わんばかりに、一様に目を泳がせている。だけど私だって、すんなり引き下がるわけにはいかない。

「私はこの託児所の責任者よ。何か問題が発生したとしたら、その詳細を知る権利があります。黙秘は許さないわ」

語気をやや強めながら、彼らの目を見てきっぱりと言い放つ。すると一人が恐る恐る口を開き、信じられない事実を打ち明けた。

「実は……奥様がいらっしゃらない間、一部の子供によるいじめが横行していたんです。私たちが見ていないところで、叩いたり突き飛ばしたりしていたようで……」

「その一部というのは、貴族の子たちかしら？」

「はい……」

そういうことだったのね。私は腕を組んでため息をついた。

いじめの原因は、深く考えなくたって見当がつく。どうせ自分たちより身分の低い子供が気に食わないとか、そういう短絡的なものだろう。

「事情は分かったわ。だけど、どうして私に知らせてくれなかったの？」

職員たちはこの街の人間ばかりだ。子供といえども相手は貴族だ。対応に躊躇《ちゅうちょ》するのも理解している。しかしだからといって、そのままにしておけばなんの解決にもならない。

「……私たちもこのままではいけないと思いました。ですから子供たちのご両親方にこの件についてお話ししたのですが、どの親も『うちの子はいじめなどしていない。庶民の子がひがみで嘘をついている』の一点張りでして……」

ひがみって……なんだ、その言い分は！

「……奥様。大変情けない話ですが、当初は私たちもそう思い込んでいました」

わなわな拳を震わせている私に向かって、職員たちは頭を下げた。

「ですが他の貴族の子供たちが、こっそり本当のことを教えてくれたんです」

「そうだったのね……」

「なので奥様にもお伝えしようと思ったのですが、『この件をナイトレイ伯爵夫人に報告して、騒ぎを大きくするのなら託児所の利用をやめる』と言い切られてしまったのです。もしそうなれば、援助していただいている食事代なども打ち切られてしまうと思いまして……つい……」

もうそれ脅迫じゃないの！　いくらなんでも横暴が過ぎるわ、どこの悪代官じゃ。

……だけど、この惨状を招いたのは私だ。後先考えずに受け入れたせいで、平和な託児所がブルジョワキングダムと化してしまったのだから。

◆◇◆◇◆

「そんな……悪いのは奥様じゃありませんよ。いじめた子供とその親です！」

その日の夜、事の顛末《てんまつ》を聞いたララは鼻息を荒くして言った。だが今の私にとっては逆効果だ。紅茶をぐいーっと一気飲みして、テーブルに突っ伏す。

「もう誰が悪いとか言っている場合じゃないわ……いつまでも奴ら……ごほん、彼らをのさばらせておくわけにはいかないもの」

「このままだと、貴族以外寄りつかなくなっちゃいそうですからね。旦那様にご相談なさった方が……」

「無理よ！　旦那様の忠告を聞かなかった結果がこれだもの、合わせる顔がないわ！」

それに、自分が蒔《ま》いた種だ。自分で解決したい……のだけど、いかんせん一向に妙案が浮かばない。

こういう子供のいじめ問題って、もっとこう大人数で……ＰＴＡとかでじっくり話し合うんじゃないの？

「そうだ、ＰＴＡだわ……！」

「な、なんですか、それ？」

突如顔を跳ね上げた私に、ララが目をぱちくりさせる。

「父母や教育者たちの集まりよ。貴族と庶民どちらの親にも集まってもらって、この問題についてみんなで話し合いましょう」

「なるほど！　いじめられた子の親御さん方も、いろいろと言いたいことがありますもんね」

「そう。だからまずは、お互い腹を割って話してもらうの。それで、司会兼会長を誰にするかなんだけど……」

「何仰ってるんですか、そこは奥様一択ですよ！」

やっぱりそうなりますか……。本当は目立つポジションはやりたくないんだけど、やるしかねぇか！

そんなわけでナイトレイ託児所初の総会は、２日後に執り行われることに。職員たちが手分けして招致の手紙を届けてくれたので、多くの親が託児所に集まった。その中には、いじめられて来られなくなってしまった子の母親もいる。

そして総会が間もなく始まろうという時になり、派手なドレスに身を包んだ集団がやって来た。

グラニエ伯爵夫人のナディアと、その取り巻きたち。ナディアの息子であるアベルこそが、いじめっ子グループのリーダー的存在だ。

役者が揃ったところで、総会が始まった。

「うちの息子がいじめを？　何度も言わせないでちょうだい。あの子はそんなことをするような子じゃありませんわ」

「しらばっくれるのもいい加減にしてください！　あなた方のお子さんが、うちの子に手を上げるところを他の子供たちが見ているんです！」

「私の子供も、『貧乏な奴はここに来ちゃいけないんだぞ』って言われたんですよ⁉　貴族だからって何を言っても許されると思わないでください！」

「あら、それは親切のつもりで申し上げただけですわ。高貴な子供たちと同じ空間にいるなんて、肩身が狭いでしょうし」

お互い腹を割って話せば、何か解決策が見出せるかもしれない。そんな淡い期待とは裏腹に、貴族と庶民の間に生まれた溝は、より一層深度を増していた。たぶんマリアナ海溝くらいある。

「奥様、奥様っ」

オブサーバーとして私の横に座っていたララが、私に目配せをする。そうね、ここは会長として仲裁に入らねば。

「えー……皆さん、静粛になさってくださいまし！」

私が声を張り上げると、母親たちは一斉にこちらを見た。

「この託児所は、さまざまな事情を抱える母親が利用できるようにと開設しました。だというのに、身分の違いから、このような問題が噴出したことを大変残念に思いますわ」

「……ナイトレイ伯爵夫人。ですから何度も申し上げているように、私たちの子供がいじめなんて――」

「今回の件は、お母様方にも責任があると思いますわ」

ナディアの反論に被せるように言うと、不貞腐《ふてくさ》れたような表情をされたが、構わず話を続ける。

「先ほど、子供が暴言を口にしたことをお認めになった方がいらっしゃいましたわね。さらに、その発言をどなたも咎《とが》めようとはしなかった。あなた方の間で、偏った考えが浸透している立派な証拠ではなくて？　親の背中を見て子は育つ。子供が差別意識を持つようになった原因は、あなた方ですわ」

「だ、だってそれは本当のことですわ。私たちが、貧しい子供たちの食費を賄ってあげているのだし……」

他の母親がぼそぼそと小声で言い返す。するとそれを皮切りに、貴族ママ軍団が口々に文句を言い始めた。

「そうよ。こちらは善意でお金を出しているのに、庶民と同じ扱いなんておかしいわ。もっと待遇をよくしていただかないと」

「子供から話を聞きましたけれど、お勉強の時間が短過ぎるのではありませんか？　なんのために教師を雇っているとお思いですの？」

「庶民の子供から呼び捨てにされたと、うちの子が怒っていましたわ。ちゃんとしつけた方がよろしいのではなくて？」

いつの間にか話題は、託児所に対する愚痴にすり替わっていた。自分たちのことは棚に上げて、よくもまあ、いけしゃあしゃあと……！

バンッ！　私がテーブルを思い切り叩くと、会議室はしんと静まり返った。

「……分かりましたわ。あなた方の要望に全てお応えします」

「本当ですの？　嫌だわ、私たちそんなに強く言ったつもりはないのだけれど……」

「ただし！　貴族と庶民で、クラスを分けさせていただきます」

「……は？」

「給食と勉強のお時間は、貴族の子供にのみ設けることにしますわ。それ以外の子は、自宅から食事を持参してくるように。こうすれば、あなた方も余計な出費をなさらずに済みますわよね？」

出費の額が同じでも子供の数が減れば、食事や授業のグレードを上げることもできる。庶民の子供たちは他のサービスを受けられない分、以前のようにのびのびと過ごせる。

半ば投げやりになって打ち出した提案だったが、反対意見は挙がらなかった。根本的な解決にはなっていない気がするけれど、貴族側に歩み寄る気がないなら仕方がないわよね。

こうして早速実施することになったものの、その効果は思わぬ形で現れたのだった。


「あの……申し訳ありません。うちの子を、グラニエ伯爵夫人たちのご子息とは別のクラスに替えていただくことはできないでしょうか？」

一人の母親が頭を下げると、他の母親からも「お願いします」、「これまでの非礼も謝罪いたします」という声が挙がった。

クラス分けを行ってから1カ月。貴族グループは、ほぼナディアの独裁政権下に置かれていた。

すると、ナディアはほとんどの時間を授業に割り当ててしまったらしい。その結果、子供たちは遊ぶことも許されず、勉強漬《づ》けの日々を送ることになっていた。

当然そうなると、自由に遊んでいる庶民グループが羨ましくなってくる。

「そんな時、子供たちの橋渡しをしてくださったのがナイトレイ伯爵令嬢でした」

本人の希望もあって、ネージュだけは庶民グループの中で遊ばせていた。そして、その楽しそうな様子を見ていた貴族の子たちは、以前のようにその輪に入って一緒に遊びたいとネージュにお願いしたそうだ。ネージュはその願いを聞き入れて、双方の仲を取り持ったらしい。

今では授業を堂々と抜け出して、みんなで仲良く遊んでいるという。自分たちのおやつも、庶民グループに分け与えながら食べているそうな。

……うちの娘、すご過ぎてビビるわ。両者を隔てていた壁を、たった1人でぶっ壊してた……。

というわけで、クラス替えを実施。しかし、これで一件落着……というわけにもいかず、それからすぐに二度目のPTA総会が開かれた。

「この子たちが仲間外れになってるじゃない！　こんなの納得いかないわ！」

ナディアが青筋を立てながら怒号を飛ばす。クラス替えで貴族・庶民の連合グループが生まれたことで、アベルたちいじめっ子グループが孤立してしまったのだ。

テーブルの隅では、アベルたちが沈んだ表情で着席している。ある程度予想はしていたけど、やっぱりこうなっちゃうわよね……。

「……ねぇ、あなたたちはどうしたいの？　またみんなと遊びたい？」

一番大事なのは、子供たちの気持ちだ。私が穏やかな声で問いかけると、アベルはぷいっと顔を背けてしまった。しかし隣にいた子供がぽつりと言葉を零す。

「ぼくだって、ほんとはみんなにごめんなさいして、あそびたい……でも、アベルが……」

そう言葉を濁しながら、アベルに視線を向ける。すると他の子も「ぼくも……」、「だけどアベルがおこるから……」と本心を口にした。彼らの母親も、冷ややかな視線をグラニエ伯爵親子へ向ける。お前たちのせいだと言わんばかりに。

途端、アベルは顔を真っ赤にして立ち上がった。

「なんだよ！　おまえたちだって、おまえたちだって……！」

羞恥からか、怒りからか幼い声は震えていた。ナディアが「アベル、落ち着きなさい！」と窘《たしな》めようとするが、差し出された手を乱暴に振り払ってしまう。

そして声にならない叫びを上げながら、会議室を飛び出してしまった。

「待ちなさい！　どこに行くの!?」

ナディアがすぐにあとを追うが、既に託児所の外に出てしまったようで職員たちが慌てふためいている。

「早く探しに行かないとヤバいですよ！　この街って路地裏が滅茶苦茶入り組んでて、浮浪者もうろついてるんです！　あんな小さな子が迷ったらえらいことになりますっ！」

血相を変えてそう叫んだのはララだった。ナディアが引き攣った悲鳴を上げて、その場にへたり込んでしまう。

座っとる場合か！　職員や近隣住民総出で、すぐさまアベルの捜索にあたる。いつものように遊んでいた子供たちも、ただならぬ雰囲気を感じ取ったのか、不安そうに私たちの様子を窺っている。

しかし時間は無情に過ぎていき、日が傾き始めていた。

「ダメだな。見付からん」

住民の一人がため息交じりに呟く。

「ア、アベル……お願いっ！　お金ならいくらでも出すから、うちの子を助けて！」

焦燥感に追い詰められたナディアが周囲に頭を下げるが、人々の反応は薄い。匙《さじ》を投げて帰っていく人までいる。

この街において、グラニエ伯爵家の評判は最悪になっていた。託児所を乗っ取り、好き勝手振る舞っていた彼女を助けたいとは誰も思わないのだろう。

このまま見捨てるわけにはいかないが、もうすぐ夜が訪れる。どうしようかと途方に暮れていた時、どこからか子供の泣き声が聞こえた。

遠くからアベルが誰かに手を引かれ、泣きじゃくりながらこちらへ向かって歩いてくる。隣にいるのは、うちの託児所を利用しているマルクという男の子だ。

「アベル……！」

2人へと駆け寄ったナディアに、アベルは「おかあさま」と掠れた声で呼ぶと勢いよく抱きついた。

「アベルね、みちにまよってわんわんないてたんだ」

そう言いながら、マルクは元来た方角を指差した。どうやら路地裏に迷い込んでしまったアベルを、見つけ出してきたようだ。

「あなた……もしかして、アベルを探しに行ってくれたの？」

アベルを抱き締めながらナディアが尋ねると、小さな頭が上下に動いた。「一人で!?」と、ララや職員たちが驚愕の声を上げれば、「いつもあそこであそんでたから」という言葉が返ってきた。そういえば、この子の家も母子家庭だったことを思い出す。

「どうして？　この子は、あなたのことを……」

ナディアは口ごもり、最後まで言い終えることができなかった。それでも質問の内容を感じ取ったのだろう。マルクは少し間を置いてから、アベルに視線を向けて言う。

「すごくかなしそうなかおで、おそとにでてくのをみたんだ。だから、たすけてあげなきゃって……」

ナディアは一瞬はっと目を見開いたあと、何かを悔いるような表情で俯いた。

「マルク……」

その時、ぐすぐすと鼻を鳴らしながら、アベルがマルクへと振り向いた。そして「ごめんなさい」と、蚊の鳴くような声だが、しっかりと目線を合わせて謝った。

「……ぼくとあそんでくれるか？」

「うん。いっしょにあそぼ。おりがみのつくりかた、おしえてあげる。だからぼくにも、おべんきょおしえて」

「うん……」

小さな手を握り合い、２人の子供が穏やかに言葉を交わす。その傍らでは、ナディアの啜り泣く声がいつまでも続いていた。

◆◇◆◇◆

「あれ以来すっかり大人しくなりましたね、グラニエ伯爵夫人」

書類の束をテーブルでトントンと揃えながら、ララがしみじみと言う。託児所は以前のような平穏さを取り戻し、子供たちは身分の垣根を超えて楽しく笑い合っている。

貴族グループの頂点に君臨していたナディアも、分け隔てなく子供たちに接するようになった。しかしそのせいで、アベルに拗ねられるという弊害《へいがい》も発生しているという。一度は私も通った道だ、頑張って乗り越えてほしい。

「ネージュといい、マルクといい、子供ってすごいわ。大人じゃ解決できないことを簡単にやってのけてしまうんだもの」

「両者の間を取り持ったり、自分をいじめた相手を助けたり……私たちも学ぶことが多いですね。はい、奥様。こちら二軒目について資料を纏めたものになります」

ララから分厚い書類を手渡される。実は王都にも、ナイトレイ託児所が建てられることが決定したのだ。噂を耳にした国王陛下がシラーを城に呼び出し、開設を命じたのである。これを機に、この国にも子育て支援の輪がもっと広がればいいのだが。

ちなみに、この時の私はまだ知らなかった。

二軒目開設の記念として、私の石像を建てる計画が進められていることを。しかもそのデザインの発案者はララであることを。

数カ月後、なぜかフライパンを掲げて仁王立ちする自分の石像を目の当たりにし、私はあまりの衝撃に腰を抜かしたのだった。

あとがき

皆様、はじめまして。火野村志紀と申します。

この度は、『あなた方の元に戻るつもりはございません！』をお手に取ってくださり、最後まで読んでくださいまして、本当にありがとうございました。

ツギクルブックス様からは以前にも別の作品を書籍化させていただいたのですが（その際も大変お世話になりました！）、今回再びお声をかけていただきました。

前作は家族に虐げられていたヒロインと、訳あり美形男のじれじれラブロマンスでしたが、今回の作品は子育て要素やファンタジー要素をたっぷり詰め込んだドタバタコメディになっております。

ここだけの話、当初アンゼリカはもう少し大人しくて内気な性格にするつもりだったのです。……が、気が付けばツッコミ属性持ちの逞しいヒロインになっていました。でもあの世界では様々な問題が起きたりしているので、このくらい元気じゃないとやっていけませんね。戦え、戦うんだアンゼリカ。

そして、この物語におけるもう一人の主人公であるネージュ。子育てものを書き始めるにあたり、子供を絶対に可愛く書いてみせるぞ！　というのは念頭に入れておりました。だけど怒ると、とっても怖い子だと思います。アンゼリカお母様をいじめる人は、ネジュが許しません。
それとカトリーヌの独白シーンは、いつも楽しく書いています。実はビビリーヌな彼女にこれからも試練を与えていきたいです。

最後に、今回この本を出すにあたり、多くの方々のお世話になりました。
私を支えてくださった編集者の中島様。
素敵な表紙と挿絵を描いてくださったイラストレーターの天城望様。
そして、この作品を応援してくださる読者の皆様に感謝申し上げます。
またいつか、どこかでご縁がありますように。それでは失礼いたします。

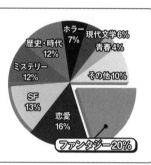

異世界に
転移したら山の中だった。
反動で強さよりも快適さを選びました。
1〜12
著▲じゃがバター
イラスト▲岩崎美奈子
「」カクヨム
書籍化作品
「カクヨム」総合ランキング
累計1位
獲得の人気作
(2022/4/1時点)
2024年3月、
最新13巻発売予定!
勇者には極力
近づきません!
「コミック アース・スター」で
コミカライズ
好評連載中!
花火の場所取りをしている最中、突然、神による勇者召喚に巻き込まれ
異世界に転移してしまった迅。巻き込まれた代償として、神から複数の
チートスキルと家などのアイテムをもらう。目指すは、一緒に召喚された
姉(勇者)とかかわることなく、安全で快適な生活を送ること。
果たして迅は、精霊や魔物が跋扈する異世界で快適な生活を満喫できるのか——。
精霊たちとまったり生活を満喫する異世界ファンタジー、開幕!
定価1,320円(本体1,200円+税10%)
ISBN978-4-8156-0573-5
「カクヨム」は株式会社KADOKAWAの登録商標です。
ツギクルブックス
https://books.tugikuru.jp/

二人キャンプしたら
異世界に転移した話
著 トロ猫
イラスト むに
1〜4
異世界のソロキャンプって
本当に大変！
双葉社で
コミカライズ決定！
失恋による傷を癒すべく山中でソロキャンプを敢行していたカエデは、
目が覚めるとなぜか異世界へ。見たこともない魔物の登場に最初は
ビクビクものだったが、もともとの楽天的な性格が功を奏して次第に
異世界生活を楽しみ始める。フェンリルや妖精など新たな仲間も
増えていき、異世界の暮らしも快適さが増していくのだが――
鋼メンタルのカエデが繰り広げる異世界キャンプ生活、いまスタート!
定価1,320円（本体1,200円＋税10%）　ISBN978-4-8156-1648-9
ツギクルブックス
https://books.tugikuru.jp/

ざまぁされた王子の三度目の人生
著：海野《うみの》はな
イラスト：梅之シイ
前々世で
婚約破棄した元婚約者に
今世で
ひとめぼれ！？

ツギクルブックス

愛読者アンケートに回答してカバーイラストをダウンロード！


愛読者アンケートや本書に関するご意見、火野村志紀先生、天城望先生へのファンレターは、下記のURLまたは右のQRコードよりアクセスしてください。

アンケートにご回答いただくとカバーイラストの画像データがダウンロードできますので、壁紙などでご使用ください。

https://books.tugikuru.jp/q/202310/anatagatanomoto.html

本書は、「小説家になろう」（https://syosetu.com/）に掲載された作品を加筆・改稿のうえ書籍化したものです。

あなた方《がた》の元《もと》に戻《もど》るつもりはございません！

2023年10月25日　初版第1刷発行

著者　火《ひ》野《の》村《むら》志《し》紀《き》

発行人　宇草 亮
発行所　ツギクル株式会社
〒106-0032　東京都港区六本木2-4-5
TEL 03-5549-1184
発売元　SBクリエイティブ株式会社
〒106-0032　東京都港区六本木2-4-5
TEL 03-5549-1201

イラスト　天城望
装丁　株式会社エストール

印刷・製本　中央精版印刷株式会社

ISBN978-4-8156-2345-6
Printed in Japan